純愛スイーツ

間之あまの

イラスト　テクノサマタ
ブックデザイン　内川たくや

純愛スイーツ

【1】


うららかな四月の午後、夕暮れ前の帰り道。

やわらかな春風に乗って空をふわりと横切ってくる小さな白っぽいものに気付いて、森原己牧(もりはらこまき)は足を止めた。

「あ……」

思わず声が漏れたのは、それが吸い寄せられるように己牧の制服のブレザーの胸に着地したから。——桜の花びらだ。

意思があってのことじゃないとわかっていても、淡い薄紅色の花びらに懐かれたみたいでなんだかうれしい。爪を短く切りそろえた指先で薄いひとひらをそっと取り上げる。

シュガークラフトの名人が作ったかのような繊細な花弁は傷ひとつなく、儚(はかな)げなのにみずみずしい。ゆるやかなカーブを描いて分かれる縁、ほんのり色を濃くしながらとがってゆく根元。

(ハート形だ)

いまさらのように気付いて、自然の精巧で愛らしい細工に唇がほころぶ。どこから来たんだろうと辺りを見回した。

出所を発見。少し先に見える鳥居の向こう、こぢんまりとした神社の境内に立派な桜の木がある。大きく広がった枝にはすでにやわらかな黄緑色が萌えていて、花びらは枝よりも地面の方を淡いピンクに染めている。

春の終わりに桜の木がプレゼントしてくれたような、風流なひとひら。

このまま捨てるのがもったいなくて、己牧は薄紅色の花びらを大切にハンカチの間に挟んでポケットに仕舞った。なんとなくいいことがありそうな気分で商店街のアーケードに向かって歩きだす。

アーケードを入った先、花屋とクリーニング店の間にあるお店が己牧の家だ。

焦げ茶とベージュの組み合わせがチョコレートケーキ、もしくは栗まんじゅうを思わせる色合いの、昔ながらの商店街の中ではちょっとお洒落な外観の建物。

『お菓子のもりはら』

木製の看板を見ただけでは売っているのが和菓子か洋菓子かわかりにくいけれど、その印象はあながち間違っていない。

『もりはら』は曽祖父の代に饅頭屋として営業を始め、祖父の代でケーキも置くようになり、己牧の父親が継いだときに全面改装してパティスリーになった。つまりケーキ屋さんなのだけれど、先代である祖父がちょくちょく季節の和菓子や羊羹、カステラなどを作ってお店に出しているから「和菓子もあるケーキ屋さん」が常態なのだ。

看板商品は祖父のころからロールケーキ。ショーケースのラインナップは苺のショートケーキやモンブラン、チーズケーキなど「日本的スタンダード」が中心で、フランス菓子やウィーン菓子といったジャンル分けにはこだわっていない。もちろんお誕生日用や月替わりの新作、贈答用、焼き菓子なども並べていて、まさに商店街にふさわしい地域密着型のケーキ屋さんだ。

生まれも育ちもこの商店街の己牧は、歩いているだけであちこちから声をかけられる。

「おかえりこまちゃん、今日も可愛いわねえ」

「こんにちは、ありがとうございます」

生まれつき明るい色合いのやわらかなくせ毛、たれ目がちな大きな瞳が印象的な童顔、線の細い小柄な体軀と、ふんわりケーキの似合う母親のビジュアルを見事に受け継いでいる己牧は商店街の大人たちからしょっちゅう「可愛い」という評価をもらう。

この春から高校三年生になった男子としては少々複雑な気持ちにならなくもないけど、この辺りの大人たちは生まれる前から自分を知っている。もはや挨拶の一部なのだろうと思えばこそ己牧は「お店の子」として愛想よく返している。

『もりはら』の斜め向かいにある八百屋のおばちゃんとも挨拶を交わし、通り過ぎようとしたところで呼び止められた。

「あらこまちゃん、ちょっと待って」

「はい……？」

「髪にいいものがついてるわよ」

「いいもの？」

何気なく頭に手をやると、ひらりと桜の花びらが落ちた。さっきの春風からもう一枚プレゼントされていたのに気付かなかったらしい。

「やだ、せっかくのチャンスを逃がしちゃったわねえ」

「チャンスですか？」

きょとんとする己牧に、うふふと笑ったおばちゃんが内緒話のように打ち明ける。

「うちの孫が言うには、桜の花びらには恋愛成就のパワーがあるんですって。特に自然にくっついてきたのは特別で、お守りにしたら運命の恋人に出会えるらしいわよ〜」

実はロマンティストな八百屋のおばちゃんは信じてるっぽい口調だけど、お孫さんはたしか小学校三年生くらいだったはず。占いやおまじないに傾倒するお年頃だけにかなり眉唾(まゆつば)だ。

(でも、本当だったら楽しみだな)

おばちゃんに別れを告げて『もりはら』に向かいながら、己牧は唇をほころばせてポケットを軽く押さえる。この中にはさっき捕まえたばかりのハート形の花弁がある。しかも神社由来。お守りとしてはこれ以上ない出自だろう。

いまだかつて淡い憧れ以上の恋をしたことがない奥手な己牧だけれど、高三男子として「カノジョ」に憧れがないわけじゃない。ちょっと……いや、かなり期待してしまう。

『もりはら』の近くまで来ると、バターと砂糖、卵などが混じりあって焼ける甘い香りが漂ってきた。馴染み深い「うちの匂い」。

店の脇道を奥に入って自宅用の玄関に向かうと、足音を聞きつけて裏庭から明るい茶色のもふもふが柵のところまで駆け寄ってきた。

「ただいま、シロさん」

裏庭と店の脇道を区切っている柵に黒く濡れた鼻先を付けて、くるんと巻いているふさふさのしっぽを「おかえり」というように振っているのは森原家の愛犬のシロさんだ。つぶらな黒い瞳、舌を出して笑っているような口許に己牧の顔もほころぶ。

ちなみに名前とはうらはらにシロさんは白くない。こんがり焼けたバウムクーヘンの外側のような色合いで、口の周りやお腹、しっかりと太めの脚の裏だけ毛の色が淡くなっている。ぴんと立った三角耳も含めて特徴的には柴犬系、だけど祖父の友人宅から仔犬のころにもらってきた由緒正しい（？）ミックス犬だ。

祖父のしつけが上手だったのか、もともとの性質なのか、無邪気な顔をしてシロさんはとても賢い。商店街の真ん中にある家の裏庭で外飼いにしているのにもかかわらず、めったなことでは吠えないのだ。

柵の隙間から三角の耳の周辺や首周りのふさふさを撫でてやりつつ、己牧はシロさんに話しかける。

「いつもより早い時間だけど、あとでお散歩に行く？」

うれしそうにしっぽがぶんぶん振られる。吠えることなく返事をしているように見える愛犬と散歩の約束をして、玄関ドアを開けた。

「ただいまー」

「おかえりー」と母親の声が返って、ぱたぱたとスリッパの足音が近付いてくる。

「ナイスタイミングよ、こまちゃん」

「ナイスタイミング……？」

「なんといまならシロさんを春野どうぶつ病院に連れて行けます！　フィラリアのお薬をもらうついでに健康診断もしてもらってきてね」

満面の笑みでお使いを仰せつかった。

商店街から歩いて十分ほどのところにある春野どうぶつ病院は森原家の代々のペットのかかりつけだ。ドクターは口ひげをたくわえたやさしげなおじいちゃん先生で、己牧の記憶にある限り姿が全然変わらない。

診察券とお金を財布から出した母親が「そういえば」とご近所さんから聞いたという情報を出してきた。

「春野先生のとこ、四月から新しい先生が来たらしいわよ」

「そうなの？　でも何年か前にさなえ先生が来たばかりじゃなかった？」

春野先生の孫娘の早苗が獣医となり、跡継ぎとしてこの街に来たのは地元民ならみんな知っている。ちなみに院長が「春野先生」なので、呼び分けるために孫先生の方は自然と「さなえ先生」になった。ふんわりセミロングの髪をシュシュで束ねた早苗は「血は苦手なんです〜」とでも言いそうな可愛らしい見た目によらずさばさばした明るい性格で、外科手術も得意な腕のいいドクターだ。

早苗が入ったときに診察室を改装して二つにした春野どうぶつ病院は、診察室の奥に広い処置室と手術室、入院室まである個人経営にしては大きいクリニックなのだけれど、これまではAHTたちスタッフと春野先生一人で回してきた。それなのに孫先生に続いてもう一人なんて、急なドクター増量。何かあったのかと少し気になってしまう。

「そのことなんだけどね、噂では春野先生、若いドクター達にクリニックを譲って近いうちに引退するんじゃないかって」

「え……」

「あくまでも噂よ？　でもほら、もうお年だから」

いくらずっと姿が変わらなくて魔法使いのようでも、春野先生は己牧の祖父より年上だからそろそろ八十歳の傘寿が近い。引退準備を始めていても……むしろもう引退していてもおかしくない御年だ。

「春野先生が引退しちゃったら寂しくなるね」

やさしい老先生を好きだった己牧がしょんぼりすると、気持ちを引き上げるように母親が声を明るくした。

「でもきっと寂しいことばかりじゃないわよ。新しく来た男の先生、こまちゃんの好きな『あの人』にそっくりなんですって」

「あの人……？」

好きな人なんていないし、しかも男の先生なのに？　首をかしげた己牧は、からかうとき特有の母親の表情で誰かを察して苦笑する。

「あの人ね、俳優の早坂（はやさか）アキラさん」

「そうよ。こまちゃん、大ファンでしょ」

たしかに己牧は爽（さわ）やかなイケメン演技派俳優の大ファンだけど、ファンだからこそ彼に似てる人なんてちょっと信じられない。

「あんなに格好いい人がその辺にいるわけないよ」

「それが本当に似てるらしいのよ。名前もこまちゃんが早坂アキラのファンになったときの朝ドラの役名にちょっと似てて、戦国武将みたいなの」

「朝ドラは戦国時代じゃなくて昭和が舞台だったよ」

ツッコミを入れても母親は聞く耳を持たずに「なんて言ったかしら……」と記憶を呼び戻そう

としている。いつもながらマイペース。

　ぱっと眉間が開いた。

「そうそう、ヒロ先生よ。倉橋啓頼（くらはしひろより）先生！」

「朝ドラの名前とは一字もかすってないけど……？」

「古めかしい感じが似てるでしょ」

　にっこりしての大雑把（おおざっぱ）なくくりにはもう笑うしかない。この調子なら、己牧がファンを公言している俳優に似ているという「ヒロ先生」とやらの顔も「目と眉が二つで鼻と口が一つなのが同じでしょ」というレベルかも。

　それにしても好感度ランキング上位常連の人気俳優なんて、似てると言われる相手としてハードルが高いにもほどがある。あんなスタイル抜群のイケメンに似ているという噂のせいで周りに勝手な期待を持たれたら、新しく来たというその先生が気の毒だなあ……なんて思っていたのに。


「こんにちは。今日はどうしました？」

　春野どうぶつ病院の診察室で『ヒロ先生』に会った瞬間、己牧の世界からは穏やかな雰囲気の大柄な男前ドクター以外のすべてが吹き飛んだ。

　ヒロ先生こと倉橋啓頼は、人気俳優に似ているなんてものじゃなかった。真っ黒で硬質な髪、眼鏡（めがね）の奥の理知的でやさしそうな瞳、耳に心地いい落ち着いた低い声。しっかりと引き締まった体軀に白い診察衣が似合いすぎている。

格好いい、なんて言葉で言い表すことができない何かに心を奪われて固まったまま見つめていると、安心させるように微笑(ほほえ)んでいた彼が少し戸惑った顔になった。カルテを確認する。

「森原シロさん、ですよね？」

名前を呼ばれたシロさんが「そうだよ」と言いたげにふさふさとしっぽを振った動きで、ようやく我に返る。

(うわ、僕、見とれてた……!?)

いくら憧れの俳優に似ているからって同性に見とれるなんてありえない。初対面から変な子だと思われていたらどうしよう。

焦っていると、すぐそばで軽やかなソプラノが響いた。

「もしかして初対面の先生で緊張してる？」

軽く首をかしげて聞いてきたのは春野先生の孫の早苗だ。本日は新顔ドクターが常連と早く馴染めるようにフォローについているついでに助手をしているらしい。

顔なじみのドクターにほっとして、己牧はかぶりを振る。

「そんなに人見知りじゃないはずなんですけど」

「じゃあヒロ先生が怖かった？　でっかいもんね～」

「いえ、そういうわけじゃ……っ」

「無理しなくていいのよ。私みたいな美人ドクターを見慣れていたのに突然むさくるしいオッサンがいたんだもの、ショックを受けるのも当然だわ」

「オッサンって……俺のが二つ下ですよ、さなえ先生」

「見た目年齢の話よ」

しれっと言い返す早苗はたしか二十八歳。ということは啓頼は二十六歳だ。

たしかに見た目は早苗の方が若く見えるけれど、それは朗らかな早苗が二十歳そこそこにしか見えないせいでもある。実際の啓頼は年相応で全然むさくるしくないし、むしろ眼鏡がよく似合う落ち着いた男前だ。

早苗の軽口のおかげでちょっと動揺が収まった己牧と改めて自己紹介をしあってから、啓頼はシロさんに向き合った。

「はじめまして、シロさん」

驚かせないようにやさしい声をかけて、体重計を兼ねた診察台の上でおとなしくしているシロさんに大きな手を差し出して自らを確認させる。シロさんはじっと見つめてからくんくん嗅いで、「さわってもいいよ」というように警戒の空気をなくした。にっこりした啓頼が耳の付け根を撫でてやると、「わるくないね」というように目を閉じる。

初対面でいきなり治療に入らず、まずは落ち着かせるように撫でながら触診してゆくのは『春野式』だ。時間はかかるものの親身な応対が評判で、引っ越したあともはるばるこのクリニックに通ってくる人も多い。

「白くないのにどうしてシロさんなの？」

カルテには普段の呼び方で記載しているから、シロさんはこんがりカラーなのに『森原シロ』で登録されている。ごく自然な疑問に本人ならぬ本犬の代わりに己牧が答えた。

「本当は四郎（しろう）さんなんです。うちで四代目の子なので」

「四代目で四郎さんってことは、もしかしてシロさんの前は三郎（さぶろう）さん？」

「はい。サブさんって呼んでました」

「サブさんかあ……いい声で歌ってくれそうだね」

吠えるじゃなくて歌う？　と少し不思議に思うと、シロさんを丁寧に触診しながらドクターが何気ない顔で続ける。

「サブさんって言ったら、わんわんわーん、って感じじゃない？」

まさかのヘイヘイホーのメロディ。

高らかに遠吠えする犬と某大御所演歌歌手のイメージがぱっちり重なって、ぷは、と思わず噴き出してしまった。啓頼の手が止まって、まじまじと見つめられる。

あれ、笑うとこじゃなかったのかな……と落ち着かない気分になったら、「サブさんじゃなくてサブちゃんじゃない？」という早苗のツッコミが入って彼の視線が己牧から外れた。ほっとしたのに、なんだか少し名残惜しい。そんな風に感じた自分に戸惑う。

シロさんの背を軽く撫でた啓頼が触診を終えた。

「うん、毛並みもいいしどこも変に張ってない。次は血を調べてみようね。シロさん、ちょっとちくっとするよー」

予告してから、啓頼は早苗がシロさんをホールドしている間に手際よく採血する。

採ったばかりの血液は早苗が検査するということで彼女は一旦離れ、残りの健康状態チェックは啓頼だけで行われた。てきぱきしていても扱いは丁寧、終始やさしい声で話しかけてくれるドクターにシロさんは安心しきった様子。おとなしく身を任せている。

「はい、終了。おりこうだったね、シロさん」

にっこりした啓頼に撫でて褒められて、シロさんのくるんと巻いたしっぽがうれしそうにふさふさ揺れる。

(なんか、いいなあ……)

落ち着いた声で話しかけられるのも、大きな手でやさしく撫でられるのも、とても気持ちよさそうだ。

(って、なにシロさんのこと羨ましがってるの……!)

自分で自分にツッコミを入れて、シロさんを抱き下ろすために診察台に向かう。と、己牧が手を伸ばす前に啓頼がしてくれた。十キロちょっとあるもふもふを軽々と抱いた彼は、シロさんを丁寧に床に立たせる。

「ありがとうございます」

愛犬の代わりにお礼を言うと、「いえいえ」と笑って頷いた啓頼が体を起こした。その動きが途中で止まる。

きょとんと見上げると、吸い寄せられるようにこっちに長身をかがめてきた。

「あ、あの……っ？」

「なんか、甘くていい匂いがする……」

すぐ近くで聞こえる低い声に心臓が駆け足になる。妙な緊張を覚えながらも、己牧は思い当たった理由を口にした。

「う、うちがケーキ屋だからでしょうか」

「ああ、森原さんってあの『もりはら』さんなんだ？　すごい美味しそう……」

吐息混じりの呟きはやけに色っぽい。ドキドキして身動きもできずにいると、血液検査を終えた早苗が戻ってきた。呆れ顔で啓頼を叱る。

「こらこらヒロ先生、いくらお昼抜きだからって匂いに誘われないの！　こまちゃんが引いてるじゃない」

「あっ、ごめん……！」

「いえ……っ」

慌てて体を起こした彼にかぶりを振って、どぎまぎしている自分をごまかすようにさっきの話

を拾う。

「お昼抜きなんですか」

「ヒロ先生はね」

早苗はランチ済みということだ。

聞けば、レディファーストで早苗を先に休憩に出した直後に緊急手術が入って、啓頼はついさっきまでバタバタだったらしい。

「じゃあこれからランチですか？」

「んー……、いや、あと少しだからこの際もう我慢するよ。事務所で飴でももらおうかな」

時計を見た啓頼があきらめたように肩をすくめる。

「なんかゴメンね、私だけランチタイムもらっちゃって」

「いいよ、さなえ先生は空腹になるとキャラが変わるから。不機嫌被害を回避できたと思えば俺の昼飯抜きくらいなんてことないですよ」

「食べることは生きることに直結してるんだもの、蓄えのないあたしが空腹時にキャラ変するのは仕方ないんですー」

「はいはい、おっしゃる通りです」

嘯く早苗を啓頼が穏やかに笑ってあしらうのを見て、胸の中がざらりとした感じになった。四月に来たばかりのはずなのに二人はずいぶん気心が知れている感じがする。

春野どうぶつ病院はスタッフ全員の仲がよくて、クリニック全体の雰囲気がいい。アットホームな空気感がいつもは心地いいのに、どうしてこんな感覚を覚えるんだろう。

（なんかこれ……、嫉妬、みたいな……？）

いやいやまさか、ありえない、と思いついた考えを己牧は即座に否定する。

早苗のことは好きだけど頼れるアネゴ的なドクターとしてだし、啓頼とは初対面、しかも同性だ。嫉妬する理由がない。

たしかに啓頼は己牧がファンを公言している俳優によく似ているけど、早坂アキラが恋愛ドラマで綺麗（きれい）な女優さんたちと共演していてもこんな気持ちになったことなんてない。

（うん、気のせい気のせい）

そう結論づけて、己牧はパソコン端末に検査結果を手早く入力している啓頼に注意を向ける。

「シロさんのフィラリア予防は注射じゃなくてずっとお薬みたいだね。柴系はフィラリアの注射が合わない子も多いもんねえ。今回も前回と同じチュアブルタイプのお薬でいいかな？」

「はい」

「じゃあこれまで通りに二カ月ぶん出しておくね」

そう言って啓頼が席を立つなり、地鳴りのような音が鳴り響いた。雷嫌いのシロさんがぴょんと顔を上げたほどの盛大な音量に己牧も目を丸くする。

「うわー……」

呟いて、片手で顔を覆った啓頼の耳は赤くなっている。さっきまでの落ち着いたドクターらしい態度との落差に目を奪われていると、ひとつ大きく息をついた彼がまだ赤みの残る顔から手を離し、ものすごく照れた顔で申告とお詫びをした。

「うちの腹の虫たちが失礼しました」

「……っ」

きゅうん、と胸が甘く痛んだ気がした。自分よりずっと体の大きな男前が照れているのも、お腹が鳴るくらいに空腹なのにユーモアにくるんで謝るのも、なんだかすごくいいなあと思う。

「ヒロ先生ってば、ほんとに何事かと思ったわよ。シロさんなんか診察台の下に逃げちゃってるじゃない。やっぱり何か食べに出たら？」

笑った早苗がシロさんを台の下からおびき出そうとしながら提案するのに、啓頼が「んー……、でもあと一時間もないしなあ」と迷っている表情で返す。

あと一時間——閉院まで小腹を満たせるようなものがあればきっとベスト。そして、そんなときにぴったりのものを己牧は偶然にも持ちあわせている。

手にしていた保冷バッグを開けて紙袋を取り出した。

「あの、よかったらこれ、どうぞ」

『お菓子のもりはら』のロゴで中身を察したらしい啓頼の瞳が、眼鏡の奥でぱあっと輝いた。

「え、本当に？　いいの？」

「はい。うちで売ってる焼き菓子の賞味期限が今日までのものと試作品なんですけど、帰りに友達にあげて処分しようかなって思ってたものなので……って、あの、処分って言い方しちゃいましたけど、ちゃんと美味しいですから！」

「うん、『もりはら』の評判は聞いてるよ」

やわらかく笑った啓頼がうやうやしく両手を出し、紙袋を受け取った。さっそく中身を見て、ふわりとうれしそうに表情がとける。

「ありがとうこまちゃん、なんかもう天使みたい」

「……っ」

すごいことを言う、と目を丸くすると、シロさんを撫でていた早苗が笑った。

「おおげさな人だって思ったでしょ？　でもたぶんおおげさじゃないわよ。ヒロ先生ってば、こんな図体（ずうたい）して甘いもの大好きだもの」

「体の大きさは関係ないでしょう」

「でも似合わないのはわかってるんじゃないの～？」

楽しげにからかう早苗に啓頼が軽く顔をしかめる。

仲よさげな二人にまた胸の中にざらりとした感覚が起こったものの、これもまた気のせいということにして己牧はシロさんと一緒にクリニックをあとにした。

数日後、学校から帰ってきた己牧はこのところずっと胸から離れなかった人物が実家から出てくるのを目撃して、大きな瞳を丸くした。

「ヒロ先生……！」

思わず漏れた声に、『もりはら』の箱を手にした啓頼がこっちを向く。己牧を認めて微笑(ほほえ)んだ。

「こんにちは、こまちゃん」

「こ、こんにちは」

名前を覚えていてくれたらしい。なんだかそわそわした気分になった己牧の方に、啓頼がゆったりした足取りで向かってくる。

（ていうか私服……！　私服も格好いい……！）

着ているものはごく普通のカットソーにシャツ、ジーンズというラフなものなのだけれど、背が高くてスタイル抜群の男前が着ているとやけに絵になる。そういえば今日は火曜日、クリニックは定休日だ。

「この前はありがとう。全部本当に美味しかったです」

「い、いえ……っ、ヒロ先生のお腹の虫たちにご満足いただけたならなによりです」

緊張しながらとっさに返すと、眼鏡の奥で少し瞳が見開かれた。それから、ふわりと楽しげな笑みに変わる。

「うん、幸せな『むしやしない』でした」

「あれ、知らなかった？　お腹の虫の満足を気にしてくれたから知ってるのかと思ったんだけど、やっぱりもう死語なのかなあ。うちでは普通に使ってたのに、関西の一部の友達しか知らないみたいなんだよね」

少し照れた顔の啓頼が説明する。

「もともとは『欲の虫をなだめる』って感じの古い言葉で、ちょっとお腹がすいたときに食べるもののこともいうんだ。お腹の虫を養うおやつとして、『虫養い』」

お腹の中で丸っこい食いしん坊の虫たちがワーワーとケーキやクッキーを喜んでいるイメージが浮かんで、なんとも愛嬌(あいきょう)と洒落のあるおやつの異名に唇がほころんだ。

「むしやしない、喜んでいただけてよかったです」

さっそく使ってみると、啓頼がにっこりした。

「スタンディングオベーションだったよ」

熱烈な評価をくれたというお腹の虫たちに顔全体に笑みが広がる。

「一番人気はどれでしたか」

「どれも美味しかったけど、チョコレートのカップケーキがいちばん好きだったな」

「え」

「めちゃくちゃ俺の好みにぴったりで、二、三個ぺろって食べられそうな感じだったんだよね。

もう一回食べたかったんだけど残念ながら今日は売り切れてたみたい」

そのケーキに心当たりはあるけど、一番だなんてとても信じられない。鼓動が速くなるのを感じながら、己牧はおずおずと確認してみた。

「チョコレートのカップケーキって、もしかしてラップに包んでたやつですか」

「んー……はっきり覚えてないけど、たぶんそう。柑橘っぽい香りのするチョコレートケーキで、ナッツとチョコレートが上にかかってたと思う。オレンジとかレモンじゃないみたいなんだけど、すごく香りがよくて、しっとりした濃厚なチョコレート生地のほろ苦さとよく合ってて、すごく美味しかったんだよね」

「……その香り、もしかしたら柚子じゃないですか」

「ああ、そういえばそうかも」

腑に落ちた顔をした啓頼が己牧を見て、軽く首をかしげた。

「こまちゃん、なんか顔赤い？」

ぱっと頬に手を当てるとたしかに熱い。

どうしよう、ケーキの話をしていて赤面するなんてどう考えてもあやしい。このままでは彼に変人だと思われてしまう……と、慌てて己牧は打ち明けた。

「じ、実はそれ、僕が試しで作ったオリジナルなんです」

「こまちゃんが……？」

「ときどき趣味的にお菓子を作るんですけど、素人の作ったものをお店で売るわけにはいかないので甘いものが好きな友達に配ったりしてるんです。その、柚子風味のチョコレートのカップケーキだったら、たぶん僕が……」

彼がいちばん気に入ったものを素人の自分が作ったなんて言うのは申し訳ない気がして声が小さくなったのに、啓頼は素直に感心した顔になった。

「すごいね、こまちゃんケーキが作れるんだ」

「……一応、ケーキ屋の子なので」

「ケーキ屋の子みんなが作れるとは限らないんじゃない？　しかもあんなに美味しいの」

ストレートな褒め言葉にぴょんと心臓が跳ねる。

とっさに何も言えずにいると、啓頼が残念そうにため息をついた。

「そっかあ……、お店に出してないんだったら、もうあれは食べられないんだね」

よほどチョコレートのカップケーキを気に入っていたらしい。肩を落とす彼の姿になんとかしてあげたくなって、己牧は少しためらってから切り出した。

「あの……、また作ったら連絡しましょうか」

「え、いいの？」

ぱっと顔を輝かせた彼に、なんだかこっちまでうれしくなって己牧は頷く。互いの連絡先を交換すると、身内以外で知っている大人の連絡先なんてほかにないせいか妙にドキドキした。

「じゃあ、またご連絡しますね」

「うん、楽しみに待ってるね」

にっこりした啓頼が立ち去るのを己牧は待つ。……彼はこっちを見たままじっとしている。

数秒見つめあった後で、どちらからともなく口許がゆるんで照れ笑いになった。

「こまちゃんを見送ろうと思ったのに」

「僕もヒロ先生を見送るつもりでした」

「気が合いすぎちゃったね」

お互いに相手を見送るつもりだといつまでたっても帰れない。どうしようか、と話し合った結果、啓頼から提案がきた。

「『せーの』でお互いに背を向けてみようか」

「ウエスタン映画みたいな……？」

「そう。早撃ち勝負の逆バージョンって感じで、同時に素早く背を向けて、そのままそれぞれの帰るべき場所へ去ってゆく」

ひゅるり〜、とそれっぽいメロディを啓頼が口笛で吹く。眼鏡の生真面目(きまじめ)な印象からは想像もできないくらいに楽しい人だなあ、と唇をほころばせて己牧は作戦に同意した。

改めて二人で向かい合って、目でタイミングを計る。

「せーの」

同時に言って、くるりと背を向けた。

そのまま数歩歩いてから、こっそり背後を振り返る。と、啓頼も立ち止まって振り返った。ばっちり目が合って互いに噴き出してしまう。

笑みの残る顔で啓頼が片手を挙げた。

「じゃあまたね、こまちゃん」

「はい、また」

己牧も笑って手を振り返す。

長身の背中が遠ざかってゆく遠くの空は、夕焼けに染まりかけの明るいオレンジ色。アップルサイダーの金色を思い出した己牧の胸に、泡が甘くはじけているみたいなくすぐったいそわそわが生まれていた。


『もりはら』は基本的に七時閉店で、月曜定休。学校から帰った己牧は毎日お店の手伝いをしている。

べつに手伝いは強制じゃないのだけれど、家族経営の一端を担うのに特に不満はない。家族割引されているとはいえバイト代も出るし、プロの仕事は見ているだけで勉強になる。

手伝いが嫌じゃないのは、六つ上の兄の修己(おさみ)の影響も大きいかもしれない。

しっかり者で闊達(かったつ)な兄は早くから『もりはら』の跡継ぎの自覚を持っていて、レジや洗い物や掃除などを積極的に手伝っていた。そんな兄のあとをちょろちょろ付いて回って真似していているうちに、己牧にとっても手伝いが当然になったのだ。

ちなみに兄は製菓学校を修了後、「どうせなら本場で勉強してくる」とお菓子の勉強のためにろくに言葉もできないまま海外に渡った猛者だ。製菓学校の先輩のツテだけを頼りにイタリア菓子、フランス菓子、ウィーン菓子の順に現場で働く武者修行の計画を立てて、現在フランスにいる。

「交通費も時間ももったいないから」と行ったきり帰ってこない兄が不在の森原家は、ここ何年も祖父、両親、己牧に愛犬のシロさんでフルメンバー。

シロさんに晩ごはんをあげたら、すぐに己牧たちも家族そろっての夕飯タイム。今夜はとんかつだ。

衣がさくさくのうちに、とさっそくとんかつをほおばるなり、母親が話をふってきた。

「こまちゃん、今日は帰ってきたときにすごくご機嫌だったわねえ」

「そう?」ともぐもぐしながら首をかしげると、含み笑いが大きくなる。

「そうよ～。あの調子だとレジ打ちしてるときもにやにやしてたんじゃない?」

「そんなことないと思うけど……」

「そうだねえ、にやにやというよりにこにこだったねえ」

本人はフォローのつもりの駄目押しをくれたのは、七十歳を過ぎてなお矍鑠としている祖父だ。

己牧の顔が笑っていたのは事実らしい。

うわあ恥ずかしい、自覚なしににやけてたなんて……と内心で羞恥(しゅうち)に襲われていると、がっちり体型がパティシエというより親方っぽい父親が太い眉を上げた。

「何かいいことでもあったのか？」

「あー……うん。実はこの前オリジナルレシピで作ったカップケーキをあげた人に会ったんだけど、すごく褒めてもらえたんだ」

「褒めてくれた相手もうれしい人だったのよね？」

「え」

「こまちゃんがお店の前で話してたの、春野どうぶつ病院に新しくきたあの先生だったでしょ～」

にんまりする母親はお店の中から見ていたらしい。

ガラス張りのウインドウはよしあしだなあ、と己牧が眉を下げる横で、祖父と父親が納得顔になる。

「ああ、春野先生のところに来た若いのか」

「えらい男前って聞いたが、己牧の好きな俳優に似てるんだって？」

「そうなの！」と母親が瞳を輝かせた。

「ヒロ先生っていうんだけど、本当に朝ドラのときの地味にしていたころの早坂アキラにそっくりなのよ！　今日お店に来てくださったんだけど、本物みたいでドキドキしちゃった～」

「……お母さん、本物って言い方はよくないよ。ヒロ先生が偽物(にせもの)みたいだし」

「あら、それもそうね」

すんなり認めた母親はそのまま早坂アキラの次の主演映画に話題を移したけれど、なんとなく引っかかって己牧は黙ってとんかつをほおばる。

早坂アキラの方が有名で、もともと知っていたのはたしかだけれど、だからといって別人が演じていたドラマのキャラクターありきで啓頼を語りたくない。そっくりさん扱いをしているようで嫌だし、見た目の印象はともかく啓頼とドラマのキャラは性格的には全然似ていない。そもそも彼は地味じゃなくて落ち着いているだけだ。

(お腹の虫がスタンディングオベーション、とか言っちゃう人の方がずっと楽しいし)

降ってくるチョコレートケーキに総立ちで拍手をしているお腹の虫たちのイメージにふわりと唇がほころぶと、「己牧、にやにやしてどうした」と父親に怪訝(けげん)な顔をされた。即座に「にこにこしてるだけじゃないかねえ」とおじいちゃんから孫への愛。

にやにやでもにこにこでも、とにかく啓頼のことを思い出すと頬がゆるんでしまう。

(オリジナルのケーキを褒めてもらったせいかな)

クリニックで初めて会ったときから啓頼はやけに印象に残る人だったものの、ケーキを褒められたことでいっそう気になる人になった。

これまでずっと、己牧のお菓子作りの道にはいつも先に兄がいた。年が離れているうえに跡継ぎとしての努力を惜しまない兄は、己牧よりなんでも上手にできる。

自分より上手にお菓子を作れる先輩が身近にいたら、祖父たちが自分の作ったものを「美味しいよ」と褒めてくれてもちょっぴりやさしい嘘が混じっているのがわかってしまう。それはもう仕方がない。

だけど啓頼は兄を知らない。だからこそストレートに褒め言葉が響いた。

（うれしかったな……）

自分の作ったお菓子をあんなに好きになってくれる人がいるなんて思わなかったし、喜んでもらえることがここまでうれしいとも思わなかった。また作ってあげたいな、という気持ちが自然に湧いてくる。

夕食後、己牧はさっそく啓頼からのリクエストに応えることにした。お店の厨房は素人が使うことで何か問題があったらいけないから、夕飯の後片付けを手伝ってからキッチンを借りる。

ちなみに啓頼が気に入ったという柚子風味のチョコレートカップケーキは、祖父直伝のガトーショコラのレシピを己牧がアレンジして考えた新作だ。自分でもよくできたと思えた一品。

「よかった、ちゃんとノートに細かくメモしてた」

完成イメージイラスト付きで分量と手順を書いた『チョコレートカップケーキ（柚子風味）』のページを見つけた己牧は、ほっとしてノートをホルダーで固定する。

父や兄の「アイデアノート」を真似て己牧もつけているノートには、教えてもらった『もりはら』のレシピ、テレビで見かけたり自分で考えたりしたレシピのメモのほか、他店のケーキの感想や新作のアイデアになりそうなメモをイラスト付きで残すようにしている。ちなみにアイデアメモは「雪だるま、もち、みかん、ヨーグルトは寒い？」など、あとで読み返したら謎のポエムみたいなのがほとんどであまり役に立ったことがない。

お菓子作りの基本は計量だ。きちんと量り、作り方の手順を踏みさえすれば誰でもそれなりに美味しいものが作れる。手順や素材の状態に習熟してゆくことでクオリティの高いものが作れるようになるのは言わずもがな。

プロの祖父や父は自分たちなりに最も美味しい配合を研究し、日々変わる湿度や温度に合わせて材料の分量や焼成の仕方を微調整してその日最も美味しく仕上がるようにしているけれど、長年の経験による知識と勘によってなされる微調整は己牧にはまだ難しい。だからとにかくきちんと量って、丁寧に作るのが身上だ。

先に調理器具と材料を用意しておいて、家庭用オーブンレンジを予熱している間にカップケーキの材料を量り、下準備をして、手際よく混ぜてゆく。

お菓子作りは甘い香りと綺麗で愛らしい出来あがりに惑わされるけれど、作業自体は実は化学実験的で体育会系だ。

特に生地作りの基本である混ぜる作業のときには、「腕を休めない」「スピードを落とさない」というケーキ作りを手ほどきしてくれた祖父の穏やかなのに有無を言わせない声が脳内で響いて、「はいっ、コーチ！」という気分になる。

とかしたチョコレートがたっぷり入ったアーモンドプードル入りの生地のベースができたら、刻んだ自家製柚子ピールとリキュールで風味をつけ、メレンゲを二回に分けてさっくりと混ぜる。ふんわりと焼きあげるためには気泡をつぶさないのが大切。すぐにココアブラウンの生地を天板に並べたマフィンカップに流し込み、しっかり予熱済みのオーブンに入れた。

あとはオーブン任せ。一応先達に倣って焼成具合を見るようにはしているものの、季節の変化に伴う微妙な違いはまだよくわからないからだいたいセットした時間通りに焼きあがる。

焼くのを待っている間にもう一品。

日持ちしそうな焼き菓子としてマドレーヌの生地を仕込み、キッチンに漂い始めたチョコレートの甘い匂いにわくわくしながら洗いものまですませる。

メロディが響いて、オーブンのドアを開ける瞬間がいちばんの緊張と喜び。

「うん、いい感じ」

熱気と共にふわりと香る甘く美味しそうな匂い、ふっくら焼きあがった濃いチョコレート色の生地に己牧は満足の吐息をつく。

熱々のカップケーキをひとつずつケーキクーラーの網に移動させ、入れ替わりで用意しておいたマドレーヌの生地をオーブンへ。一度に十二個焼ける型だから、レーズン入りや刻みナッツ入りなど簡単なバリエーションもつけてみた。

マドレーヌを焼いている間にカップケーキを冷まし、仕上げにかかる。

表面をつややかなグラサージュ用のチョコレートで覆い、刻んだアーモンドとピスタチオを散らす。ナッツを散らすことで食感が楽しくなるし、つやつやしたチョコレート色にベージュとグリーンの細かなダイスが彩り（いろど）を加えて見た目の印象もアップ。

そうこうしているうちにマドレーヌが焼きあがった。たっぷりバターを使ったこんがりきつね色の焼き菓子は、ほんのり香るレモンが爽やか、先代の店主である祖父直伝のレシピ。お店に出しているものとほぼ遜色ないくらいに作れるようになった得意菓子だ。

焼きたてをひとくちかじってみて、満足のいく出来に顔がほころぶ。でも小さいころからプロの味を頻繁に食べてきたせいで、あと半歩ほど及ばないのもわかってしまう。

「『もりはら』のはもっときめ細かいんだけどなー……」

祖父に試食とアドバイスをお願いしてみよう、と師匠用を別で取り分けておく。アドバイスをもらうたびにきちんと修正するようにしているのだけれど、上手になればなるほど細かいところが気になるようになってそう簡単に「これならバッチリ」とはいかない。奥深いものだ。

作っている間はほぼ無心だったけれど、完成したらちょっと冷静になった。

「せっかく作ったけど……どうしよう」

作ったら連絡しますと言ったその日に速攻で作るなんて、あまりにもはりきりすぎじゃないだろうか。

迷いながらも啓頼が気に入ってくれたというカップケーキを三つ、まだ温かいマドレーヌは五つを蒸気を逃がすペーパータオルで軽くくるんで、それぞれ別の紙袋に入れる。

……準備完了してしまった。

「連絡だけ入れてみようかな……」

何時だろう、と時計を見ると、二十一時半過ぎ。己牧は大きく目を見開く。

「しまった、シロさんの散歩……！」

森原家の愛犬の散歩は毎朝早くに祖父が行っているけれど、天気のいい夜は己牧がもう一回連れて行ってあげるようにしている。お散歩が大好きなシロさんは、星の見える夜は己牧が家から出てくるのを期待に満ちた顔で待っているのだ。あの信頼は裏切れない。

いつもは二十一時を目安に出ているからいまごろそわそわしているだろう。シロさんのことを思うとためらいも吹き飛んだ。

『こんばんは。アンコールいただいたむしやしない、対応可能になりました』

ちょっとわかりにくいかな、ふざけてるみたいかな、と不安になりながらも、スマートフォンから啓頼に思いきってメッセージを送ってみる。散歩に出る準備をしていると返事がきた。

『こんばんは。即対応ありがとうございます！　うちの虫たちが大喜びでアンコール享受の日時を決めたがっています。ご都合をお教えください』

きちんとした文面のようで、あまりにも腹の虫権が確立されている。顔がほころぶのを感じながらすぐに返事を返した。

『いつでも大丈夫です（今夜でも）』

（……今夜でもって入れたの、なんかすごい会いたがってるみたいだったかな）

なんて、そわそわと落ち着かない気分になったところに『本当に今夜でもいいですか』と返ってきて心臓が跳ねる。

ドキドキしながら『もちろんです』と返し、続けてシロさんの散歩のことなども伝えたら、彼が借りているアパートと森原家の中間地点にある小さな公園で落ち合うことになった。

家族に声をかけて、お散歩グッズの入ったミニバッグと防犯ブザー付きのライト、リードを手に外に出る。

裏庭のシロさんはすでに期待に満ちた眼差しですっくと小屋の前にスタンバイしていた。くるんと巻いたしっぽもふさふさとはりきっている。

「行きますか」

ふさふささふさ。こんなにもしっぽがうれしそうなのに吠えないシロさんは本当にえらい。

シロさんと並んで己牧も軽快な足取りで玄関先の明かりを横切り、商店街へと出た。静かな夜の商店街は明かりがほとんどなくて、ふっと夜の色が深くなる。

ライトは念のために持ってきたけれど、猫を始めとする動物たちの瞳には強い光は刺激が強すぎると聞いているから己牧はいつもつけることなく夜の街を楽しむ。

見上げれば細い三日月。

「綺麗だねえ、シロさん」

ふさふさ。返事はなくても、つぶらな黒い瞳でちゃんと一緒に空を見上げるシロさんにほっこりする。

ここの商店街は佇(たたず)まいの印象そのままに営業時間も昔ながらで、どこもとっくに閉店中。等間隔で並ぶ街灯以外はぐっすり眠っているような街の上に広がる四月の夜空は、お月さまも瞬く星もどこか輪郭がやわらかい。まさに朧月夜(おぼろづきよ)。

「昼とは別の街みたいだよね」

半(なか)ばひとり言(ごと)のような己牧の声に、ほんとだね、というように瞳をきらきらさせているシロさんの足取りは上機嫌。

夜の散歩に出るとき、うきうきしているシロさんにつられているわけじゃないけど己牧もちょっとわくわくする。にぎやかさと明るさがなりをひそめた無人の通りはひっそりしていて、見慣れた風景なのに昼間とは全然違う表情。不思議な世界に迷い込んだ気分になる。

「今日はこっちだよ」

とっとっと、と軽い足取りでいつものコースをたどろうとするシロさんのリードを十字路で軽く引くと、一瞬戸惑った様子を見せたもののシロさんは素直に方向転換した。ときどき行く『小さい方の公園』だと察したのだろう。

商店街の近くにはいくつか公園があるのだけれど、よく行くのは広場の中央に噴水のある大きな公園だ。広い遊歩道が整備されているから犬連れで散歩している人も多く、愛犬家の交流の場にもなっている。

一方いま向かっているのは住宅街の中にひっそりと存在している小さな公園。消防法か何かで決まっているから一応造りましたよ、といった風情の公園には遊具がほとんどなくて、利用者もめったにいない。おかげでシロさんを緑に囲まれた空間でのびのびさせてあげられる。

木々と街灯とベンチ、それからペンギン型のすべり台とぶらんこだけの小さな公園は今夜も先客なしだった。

「よかった、ヒロ先生より先に着けたみたい」

待たせないように急ぎ足で来た甲斐があったなと息を整えつつ、己牧は公園の出入口が見える位置にあるベンチに向かった。ベンチの上には若葉混じりに花を残した桜の枝が広がっていて、ときおりひらりと花びらが舞い落ちてくる。

「おりこうにできるよね、シロさん？」

リードの金具に手をかけて確認すると、「もちろん！」といわんばかりのつぶらな瞳で己牧を見つめてシロさんがぶんぶんとしっぽを振った。実際、賢いシロさんは園内のささやかな花壇を荒らしたり、勝手に公園の柵の外に出たり、こっそりトイレをするようなジェントルワンじゃない真似はしない。

園内外に誰もいないのを確認して、己牧はシロさんのリードをはずした。待ち人が来るまでのドッグランタイム。

己牧が見守る中、シロさんは人けのない夜の公園をはずんだ足取りで縦横無尽に探検して回る。特に気になったのはペンギン型すべり台のようだ。周りをふんふんと嗅ぎ回っては街灯に浮かび上がる巨体を熱心に見上げるのを繰り返す。

（たしかにあれは気になるよね）

くちばしは黄色、ボディはピンク地に白の水玉。色の組み合わせは可愛いけれど、ころんとボリュームのあるフォルムはペンギンというよりもはや新種のゆるキャラ系怪獣だ。あれを見て何の疑問もなく「ペンギン」と言える人がどれくらいいるだろう。

なんてことを考えていたら、公園に向かってくる足音が聞こえた。

出入口に目をやったのとほぼ同時に、街灯の中に駆け込んできた長身の影が浮かび上がった。

己牧に気付くなり謝罪がくる。

「ごめん！　こんな時間なのに待たせちゃって」

「い、いえ」

肩で息をしている彼の手にはコンビニの袋。買い物に寄って遅くなったぶんを気にして走ってきてくれたのだろう。時間を指定して待ち合わせたわけじゃないから気にしなくていいのに、と誠実さに胸の中がふんわりする。

シロさんは呼ばれる前に自ら駆けてきた。おりこうすぎて可愛すぎる、ともふもふの首周りを撫でてやってからリードに繋ぎ直したところに、まだ少し息が乱れている啓頼がやってくる。

「こんばんは、こまちゃん、シロさん」

「こんばんは」

少し緊張して返す己牧の足許で、シロさんもふさふさとしっぽで歓迎の意を表明。

離れた所にある街灯が照らすのは、やわらかな笑みを湛えた整った顔立ち。見上げているだけでなぜか鼓動のペースが少し上がる。

そわそわと落ち着かない自分に気付かれたくなくて、己牧はさっそく二つの紙袋を差し出した。

「例の『むしやしない』と、おまけのマドレーヌです」

「おまけまであるの？」

ぱっと顔を輝かせた啓頼にドキドキしながら頷いて、袋をもっと差し出す。受け取った彼が「うわあ、まだちょっとあったかい……」と感激した口調で呟いた。うれしそうな姿にこっちまでうれしくなって、緊張がやわらぐ。

「さっき焼きあがったばかりですから。マドレーヌは時間をおいた方が生地が馴染んで美味しくなるんですけど、できたてのちょっとふんわりした感じも僕は好きです」

「それを聞いたらいますぐ食べたくなっちゃうなあ……。でも、シロさんの前では目の毒だよね」

チョコレートは犬が中毒を起こしてしまうし、甘いものは虫歯と肥満の元だ。

シロさんを気遣っていますぐの試食をあきらめようとしている啓頼に、己牧は散歩用バッグを見せてにっこりした。

「大丈夫です。シロさん、ケーキは自分のごはんじゃないってちゃんと知ってますから。それにシロさん用のおやつも持ってきてるんです」

糖分不使用の手作りのきなこおからクッキーを出すと、シロさんの瞳が已牧の手に釘付けになった。「おやつ？　おやつなの？」と期待に満ちた顔でしっぽを振る。一方で大柄な男前ドクターの幻のしっぽもふさふさと揺れているのが見えるよう。

「じゃあお言葉に甘えて。座ろうか、こまちゃん」

見るからにうきうきした表情で誘われて、思わず笑ってしまいながら已牧もベンチに並んで腰掛けた。思ったより距離が近くて、なんだか彼に近い方だけじわりと体温が上がった気がする。

お手、おかわり、伏せ、のコースをさせてからシロさんに専用クッキーをひとつあげた已牧の横で、いそいそと紙袋を開けようとしていた啓頼が「あ」と呟いてコンビニの袋をこっちに差し出した。

「飲み物買ってきたんだ。こまちゃんもどうぞ」

受け取った袋にはミネラルウォーター、緑茶、紅茶、炭酸飲料、百パーセントのジュースなどのペットボトル。

「たくさんですね」

「こまちゃんがどういうのが好きかわからなかったから」

さらりと言われたけれど、この品ぞろえは己牧のためということだ。なんだか申し訳ないような、うれしいような、くすぐったい気分になる。

「ケーキのお礼に何かって思ってコンビニに寄ったんだけど、自分で美味しいのを作れるこまちゃんにスイーツはないよなって迷ってたら思った以上に時間をロスしちゃって。飲み物ばかりでごめんね」

「いえ、ありがとうございます」

せっかくなのでもらうことにして、己牧はお気に入りのレモンティーのボトルを選んだ。へえ、というように啓頼が眼鏡の奥の瞳を少し見開く。

「俺好みの味を出せる人って、やっぱり味覚が似てるんだねえ。俺もそれ好き」

「あっ、じゃあこれはヒロ先生の……？」

「いやいや、これだけあるんだから俺のとかないよ。このシリーズ、さっぱりしてるから甘いのに合うよね。実はストレートも買ってあるんだ」

そう言って同じシリーズのストレートティーを取った彼は、己牧が交換を申し出る前にボトルのキャップを開けてしまう。

「マドレーヌにはやっぱりこっちが合うよね。俺にはプルースト現象は起きないけど」

聞き慣れない単語に戸惑った顔になると、啓頼が説明してくれた。

「プルーストっていう文豪が書いた『失われた時を求めて』っていう作品で、主人公が熱い紅茶に浸したマドレーヌの香りで昔のことを思い出すっていうシーンがあるんだ。そこから【ある特定の香りを嗅いだらその香りに結びついている記憶が勝手によみがえる】っていう現象を、プルースト現象とかプルースト効果とかマドレーヌ効果って呼ぶようになったんだって。ちなみに俺は医学用語として知ってるだけで、すごい文学的な大作だから読んだことないけど」

にやりと笑って付け加えられた言葉で、ドクターに感じていた気後れのようなものが軽くなる。表情のやわらいだ己牧に啓頼も瞳をやわらげて、お菓子の袋に関心を戻した。

彼がマドレーヌをひとつ取り出して、くるんでいるペーパーを丁寧にめくる。黄金色のシェルが姿を現す。

「では、いただきます」

うやうやしく言って、はぐ、と大きく一口。とろりとやわらかくとけるように幸せな笑みを浮かべる彼に、見ているこっちまで幸せな気分になる。

味わうように咀嚼して飲みこみ、満足げに残りをぱくり。信じられないことに二口でマドレーヌが消えてしまった。

何気なくもう一個取り出そうとした啓頼が、己牧の視線に気付いてはっと手を止める。

「一個のつもりだったのに、俺はいったい何を……！」

「二個めに突入しようとしてましたね」

笑って指摘すると、彼が照れ笑い。

「うん、すごく美味しくて。こまちゃんの味ってびっくりするくらい俺好みなんだよねえ」

「僕の味って……」

どこかの有名パティシエの味みたいに言われたら照れてしまう。じわじわと頬が熱くなるのを感じて隠すように片手を当てると、啓頼が目を瞬(しばたた)いてから急に慌てた顔になった。

「いや、変な意味じゃなくて！　こまちゃんが作ってくれたケーキの甘さが俺の好みにぴったりって意味で……！」

「わ、わかってます。ていうか変な意味だなんて思ってもなかったです」

「あ……そりゃそうだよね」

「そうですよ」

互いに目を見合わせて、なんだか落ち着かない気分で笑いあう。

「……でも、あの、うれしいです。気に入ってもらえて」

「気に入ったなんてものじゃないよ。どストライクすぎて信じられないくらい。こっちも食べてみていい？」

「もちろんです」

はぐ、はぐ、はぐ。柚子風味のチョコレートカップケーキは三口で消え失(う)せた。大きめの口はケーキに向かうたびに幸せそうに笑んでいて、まさに胸のすくような食べっぷり。

「ヒロ先生って本当に甘いものが好きなんですね」

「うん。甘いものって元気が出るし、幸せになれるから偉大だよねえ」

しみじみと言った啓頼の瞳がこっちを向く。

「こんなに美味しいものを作れるこまちゃんも偉大だ」

カップケーキとマドレーヌの功績だけで偉人扱いされてしまった。面映ゆさに照れ笑いする。

「ありがとうございます。なんか、自信がつきます」

「こまちゃんがいれば『もりはら』も安泰だね」

にっこりしての言葉は、彼がこの街に来て日が浅いせいで森原家の家族構成をよく知らないからだ。己牧は淡く苦笑してかぶりを振った。

「いえ、僕は次男なので関係ないっていうか……『もりはら』を継ぐのは兄ですし」

「そうなんだ？　こんなに美味しいのを作れるのにケーキ屋さんになる気はないってこと？」

驚いた顔で真っ直ぐに聞かれて、意識するより先に本音が零れた。

「どうしようか迷ってるんです。よくわからなくて」

「うん……？」

啓頼とは会ってまだ三回め、深い話をするような間柄でもない。でも彼の職業が関係しているのかやさしく問うような眼差しはなんでも聞いてくれそうで、少しためらってから己牧は誰にも言ったことのない気持ちを打ち明けた。

「さっきも言いましたけど、『もりはら』の跡継ぎにはもう兄がいるので僕がパティシエになる

必要ってどこにもないんです。それなのにいままではそういうことを深く考えてなかったってい
うか、なんとなく自分もケーキを作る人になるんだって思っていたんです。……でも、三年生に
なって進路希望調査票に兄と同じ製菓専門学校を第一希望に書こうとしたときに、パティシエに
なる必要のない僕が同じルートをたどるのっておかしいんじゃないかって気付いてしまって……。
そしたらもう、どこに向かうのが正解なのかわからなくなってしまったんです」

「んー……必要かどうかは別として、パティシエになりたいっていう気持ちはないの？　興味が
なかったらお菓子を作ること自体しないような気がするんだけど」

「……それが、よくわからないんです」

考えをまとめたくて少し黙っても、啓頼はゆったりした眼差しで待っていてくれる。おかげで
焦ったり無理したりしないで話ができた。

「僕のお菓子作りって、たぶん習い事感覚に近いと思うんです。物心がつく前から兄の真似をし
て作りたがってたらしいんですけど、祖父や父に教えてもらっているうちにそれなりに評判がい
いのができるようになったので、惰性で続けているっていうか……」

「ピアニストになりたいわけじゃないけど、腕が鈍らないようにたまにピアノを弾いてる、って
感じ？」

的確な例にこくりと頷く。啓頼が少し考えるような表情になった。

「ご家族からは将来について何か言われてる？」

「なんでも好きにしていいよって、言ってもらってます」

大学や専門学校への進学も、就職も、海外留学さえも、「己牧がやりたいなら応援するからね」と家族はとても理解がある。

たぶん兄の修己が目的をもって着々と進んでいった前例があるから、己牧も同じようにすると思っているのだろう。信頼されていると思えばこそ、こんなにふわふわとおぼつかなく迷っていることは相談できずにいる。

「なんでも好きにできるのってありがたいけど、自由すぎても迷うよね」

「そう、そうなんです……！　贅沢な悩みだっていうのはわかってるんですけど」

思いがけずに内心を理解されて、勢いよく頷いてしまう。受け止めるように啓頼が微笑んだ。

「これから何十年も生きていく行き先を、十代で、しかも自分の責任で選ぶのってやっぱり難しいよね。ひとつしか選べないのに、選んでしまうとほかのルートがなくなるし」

「そうなんです。だから何を選んだら後悔しないのか、考えだしたらきりがなくて……。すごくなりたいものがあったら、迷ったりしないで将来を選べるんでしょうけど」

「そうだねえ、ゴールがはっきり見えているとたしかに最短ルートを選べるよね」

「ヒロ先生はやっぱり最短ルートでこられたんですよね……？」

獣医は六年制大学で特別な勉強をして免許をとらないといけないし、目指さないとなれないものだ。わかっていながら聞いてみたら、意外な返事が返ってきた。

「イエスでもあるし、ノーでもあるね」

「……？」

「大学卒業までは最短ルートをとれたと思うよ。でもそのあとで大学病院勤めだった時期があるから、開業医を目指す獣医としては回り道してるんだ」

商店街の噂にはなかったから初耳だ。

啓頼は大学病院の獣医として勤務して、犬と猫の心臓病を専門とする教授の研究を手伝っていたらしい。それはそれでやり甲斐があったものの、最新の医療設備が整ったラボのような空間で時間をかけずに診療にあたることを余儀なくされているうちに、運ばれてくる動物たちをいつしか『サンプル』のように感じ始めた自分に気付いてショックを受けたのだという。

「生き物が好きだから元気で長生きできるように手助けがしたかったはずなのに、いつの間にか目的と手段が逆転していたんだよね。いろいろ考えて、教授にも相談して、いちばんしたいことを叶えるには開業医がベストだって結論に達して将来の行き先を変更したんだ。開業する前に修業をさせてくれる動物病院を探してたら、ゼミの先輩だったさなえ先生が声をかけてくれたんだよね」

思いがけずに出てきた早苗の名前に軽く心臓が跳ねたけれど、同時になんだかほっとする。四月からのわりに二人がやけに気心が知れた感じがしていたのは、大学の先輩後輩の間柄だったからなのだ。

己牧の鼓動を少し乱したことなど気付きもせず、啓頼は真摯な声で言った。

「だからね、どうしてもってときはルート変更は可能なんだよ。もちろん簡単なことじゃないから最初に選ぶときに適当じゃない方がいいとは思うけど、本気でやり直したいならできないことってそうそうないと俺は思う。ルートを変えることによって起こるデメリットや負担を背負う覚悟はしないといけないけどね」

いい加減に選ばない方がいいけど、未来がガチガチに固まってしまうと心配しすぎなくてもいいということだ。少しだけ胸のつかえが軽くなった。

「そうはいっても、できれば変更なしで満足できるようなルートを選びたいですよね……」

ため息混じりの本音を呟くと、思いがけない返事がきた。

「満足できるかどうかは、ルートそのものより本人の考え方に左右されるものじゃないかなあ」

「考え方……？」

「うん。現状に満足しないっていうのは進化に繋がるから大事なことだけど、文句だけ言って努力をしていない人の場合はただ現実を受け入れられていないだけなんだよね。『本当はこんなはずじゃなかった』っていまの自分が気に入らない人は、どのルートを選んでも不平不満を言うものなんだ。百パーセント理想に合うことなんてそうそうないから。逆に満足とまではいかなくても『いまの自分はけっこう幸せだなあ』って思える人なら、たいていの場所でうまくやっていける。現実を受け入れて適応できてるってことだからね。こまちゃんはご家族への感謝の気持ちがあるし、いろんなことを真剣に考えているから後者タイプだと思うな。どういうルートを選んでもきっと大丈夫だよ」

そう言われてほっとする己牧に啓頼が穏やかな声で続けた。

「なりたいものが見えない中で将来を選ぶのは不安だろうけど、大事なのはどのルートを選んでも『選んだのは自分だって自覚している』ことだと思うんだ。最終的に決めたのは自分だってことを忘れないでいると人のせいにしないですむから。人のせいにしちゃうと、恨みの気持ちが出てきて不平不満に繋がるからね」

なるほどなあ、と思う一方で、新たな悩みが生まれる。

行きたい方向さえわからない自分はどうしたらいいんだろう。

「なりたいものが特にない場合って、どうやって行き先を選んだらいいんでしょうか」

頼りすぎてるかな……と思いながらもおずおずと意見を仰いでみたら、少し考えるような間のあとに答えが返ってきた。

「興味のあるものを追いかけてみる、自分にできることを極めてみる、周りの望む方にとりあえず行ってみる、モラトリアムを得られるような選択をする、ざっとこんな感じかなあ」

思っていた以上にたくさん出てきた。それも、流されたり保留にしたりという己牧としては意外な選択肢も含んで。『選んだ責任を人のせいにしない』前提なら、それもアリなのだろう。

「こまちゃんの参考になりそうなのはあった？」

問いかけに、それぞれ考えてみる。

興味のあるもの……は目下特になし、周りからは好きにしていいと言われている、モラトリアムのために大学や海外に行くのは親に申し訳ないと感じる性分だ。

そうなると残るはひとつ。できることを極める方向だ。

「……結局、製菓専門学校に落ち着きそうです」

「あまり乗り気じゃなさそうだね」

「ふりだしに戻った感じなので……」

「戻るべくして戻ったのかもしれないよ」

きょとんと目を向けると、啓頼がカップケーキとマドレーヌの袋を示した。

「こまちゃん、こういうのを作るときってどういう気分？　楽しいわけじゃない？」

「楽しくない……ことは、ないと思います。たぶん」

曖昧(あいまい)にもほどがある返事をして、自分でもよくわからないことをまとめるために少し黙る。

ようやく形になってきた言葉を己牧は口にした。

「作っている間は無心っていうか、目の前の作業に集中しているので楽しいって感じることはほとんどない気がします。でも、同じように作っても毎回仕上がりが違ったり、素材の組み合わせで無限に味や食感が変わるのは奥深くておもしろいなあって思いますし、デザインも興味深いです。苺のショートケーキひとつとっても、お店によってちょっとずつ違ったり、すごく斬新なのがあったりして、どうしてそういうデザインになったのか考えたらいろいろ作り手の考えが見えてくるのが楽しくて……」

はっと声を途切れさせると、啓頼は何もかもわかっているような笑みを浮かべていた。無言だけれど、どうしようもなく照れくさくなって己牧はうつむく。

当たり前すぎて忘れかけていたけれど、自分はすごくお菓子作りが好きだったようだ。

「……ありがとうございます」

「いやいや、俺は何もしてないよ」

にっこり返されるけれど、己牧がしてもらったのは実質的にカウンセリングだ。頭の中でぐるぐる考えていても出口が見えなかったことが、啓頼に話すことで整理されてシンプルな事実に気付けた。

「……僕、今夜、ヒロ先生に会えてよかったです」

明るいところだと照れくさい言葉も、星空の下ならすんなりと声になった。眼鏡の奥で少し目を見開いた啓頼が、ゆっくりと照れたように笑う。

「実をいうと、俺の方が先にこまちゃんに会えてよかったって思ってたよ」

「え」

きゅっと胸の中がおかしくなったけれど、彼の「よかった」に他意はなかった。もちろん、そんなのがあるはずないんだけど。

「俺、今月この街に来たばかりでしょう。仕事もいままでとペースやり方が違うし、土地勘もなくて不便だし、会う人みんな初対面だし、それなのに相手はこっちのこと噂で知ってるっぽいしで、こまちゃんがシロさんとクリニックに来たころってけっこういっぱいいっぱいだったんだよね」

「そんな風には見えなかったですよ……?」

「それはまあね、ドクターがおろおろしてたら動物たちも飼い主さんも信用してくれないから」

淡く苦笑した彼が続けて打ち明ける。

「そんなときにこまちゃんが例の『むしやしない』をくれて、甘いもの好きとしてはただでさえうれしかったのに、それがまたびっくりするぐらい俺の好みに合致してて、美味しいなーって幸せな気分になったらなんか一気に肩の力が抜けたんだよね。気持ちに余裕ができたっていうか、よし、頑張ろうって前向きになれたんだ」

さっき啓頼が「甘いものって元気になれるし、人を幸せにするから偉大だ」と言っていたのは実体験からの本心だったのだ。しかも己牧が成り行きであげたあのお菓子の実績だったなんて。

予想外のうれしい告白にそわそわして視線をそらすと、シロさんが「もう帰るの?」と問うように見上げてきた。

その眼差しに気付いた啓頼が腕時計をチェックして、驚いた声をあげる。

「うわ、もう十一時前だよ」

「え、本当ですか……!?」

軽く一時間以上たっていたなんて信じられない。

「送っていくよ」

「いえっ、大丈夫です」

「うん、大丈夫だろうけど俺が気になるから」

やさしい声でそう言われると、固辞はできなかった。

月明かりもやわらかな星空の下、二人と一匹で『もりはら』への道をたどる。

「なんだかすみません……」

「え、何が?」

「女の子でもないのに送っていただくとか」

「ああ、気にしないで。俺、歩くの好きなんだよね。早朝の散歩もいいけど、夜の散歩ってあちこちにいつもと違う雰囲気があってちょっとわくわくするんだよねえ」

「わかります、それ……!」

思いがけないところに同好の士を発見。夜散歩の楽しみを語りあっているうちに『もりはら』が見えてきた。もっと遠ければよかったのに、と思うくらいに帰りの時間はあっという間だった。

「そういえばこれ、いくらになるのかな」

玄関に通じる脇道に入る前に「アンコールむしやしない」の紙袋を示した啓頼に問われて、己牧はとんでもないとかぶりを振る。

「お代なんていただけません……！　素人が作ったものなのに」

「でも俺からしてみたらお金を払いたいくらい美味しかったし、こまちゃんが費やしてくれた時間や材料費もかかってるでしょう」

　それはそうだけれど、代金をもらうつもりじゃなかったから困ってしまう。

「僕の練習で作ったものですし、いつもだったら家族や友達に食べてもらって片付けているものをおすそわけしただけですから……。買ってもらうなんて申し訳ないです」

「いや、でも……」と反論しかけた啓頼が、このままだと堂々巡りになるのに気付いたらしく口を閉じた。代わりのようににっこりする。

「じゃあ遠慮なくもらっちゃうね。今度何かお礼するよ」

「お礼なんて……」

「お礼くらいはさせて？」

遠慮するのがわかっていたらしい彼に苦笑を含んだ声で遮られて、己牧はちょっと眉を下げる。

己牧の味を気に入ってくれたという啓頼にまた食べてほしいけど、お礼をもらったら次回から何か作ってもあげにくくなるな……とぐるぐる考えていたら、ふいにいいことをひらめいた。

「あの、お礼ならまたもらってくれませんか」

「え……？」

ひらめいたまま口にしたせいでおかしな文脈になっていたことに気付いて、己牧は慌てて説明を足す。

「えっと、ヒロ先生がもらってくださったら僕としては心置きなく試作や練習ができて助かるので……って、あの、もちろんいらないなら無理にとは言わないですが……！」

言い訳めいた言葉を必死でひっぱり出しているうちに、己牧は自分がどうしてこんな「お礼」を申し出たのか気付いてしまった。

啓頼とまたゆっくり会って、話をしてみたいからだ。

動揺して声が途切れた矢先、ふわりと彼が笑った。

「俺好みのケーキが食べられるのに、いらないなんて言うわけないでしょう」

「うわあ、うれしいなあ」とにこにこしている啓頼を見ているだけで鼓動がやたらと速くなる。

どうしよう、心臓がおかしい。

顔が熱くなってきた気がして隠すように下を向くと、じっと見上げていたシロさんと視線がぶつかった。「なんでそんな赤い顔してるの？」と言わんばかりに見つめてくるつぶらな瞳にいたたまれなくなって、家の方に促す。

「じゃあ、あの、また作ったら連絡します」

「うん、楽しみにしてるね。今日は本当にありがとう」

「こちらこそ、送ってくださってありがとうございました」

ぺこりと頭を下げて、シロさんを連れて店舗の脇道に入る。ちらりと振り返ると啓頼が見送っていて、軽く手を振られた。

「気をつけて帰ってくださいね」

手を振り返して声をかけると、意外なことを聞いたかのように彼が眼鏡の奥の瞳を丸くした。それからややわらかく相好を崩す。

「いまだかつて襲われたことはないけど、肝に銘じて帰ります」

ゆったりした足音が遠ざかり、完全に聞こえなくなってから己牧は大きなため息をついた。夜でよかった。昼間だったら顔が赤くなっているのに気付かれて、変に思われたかもしれない。

「ヒロ先生の友達になりたいのかなあ、僕……」

また会いたいと思う自分をそんな風に判断してひとり言ついでに聞いてみると、シロさんはふっさふっさとしっぽを振った。

どういう返事をしてくれたのかはよくわからなかったものの、きらめいて見える黒い瞳はぺろりと出した舌とあいまって、なんだか訳知り顔で笑っているように見えた。

【2】

初めて『アンコールむしゃしない』を差し入れたあと、己牧はときどき夜の公園で啓頼と待ち合わせるようになった。お菓子を作った日に「今夜は散歩に来ますか」とメッセージを送ると、ほぼ即答で「行きます！」と返ってきて思わず顔がほころぶ。

シロさんの散歩のついでに試作品のケーキや焼き菓子を持って行くと、啓頼はいつも己牧の好きなレモンティーを二人ぶん買って待っていてくれる。ときにはシロさんにジャーキーなどの差し入れも。

五月のベンチの上に広がるのは、すっかり散った桜の花の代わりに夜目にもみずみずしい若葉。やさしい葉擦れの音を響かせる枝と星空の下、シロさんを足許に挟んで並んで腰かけた二人は小一時間ほどをのんびりとすごす。

「今回は初挑戦のモンモランシーです」

「モンモランシー？」

「パリ郊外の町の名前のお菓子で、キルシュ漬けのグリオットチェリーの入ったダックワーズ生地のタルトなんです。フランスにいる兄にレシピを教えてもらったんですが、二、三日寝かせた方が味が馴染んで美味しいらしいですよ」

「と言いつつ、すぐに食べるぶんも用意してくれてるのがこまちゃんだよねえ」

袋を開けた啓頼が、食べやすいようにカットして大判の紙ナプキンにくるんだだけの味見用の一切れを見つけてうれしそうに目を細める。

「ちょっと菓子パンっぽい見た目だね」

粉糖で化粧したモンモランシーの見た目の感想を述べた啓頼が、はぐ、いつものように大きくかぶりつく。

「んー……美味い。香りがすごくいいね。ほどよく酸味があって、少しほろ苦さもあって、大人の味って感じ。こまちゃん、いろいろ作れてすごいねえ」

本気で感心してくれる彼に、己牧は照れてかぶりを振る。

「いろいろ作れるようになりたくて練習しているだけです。新しいレシピを考えるときにも、味や食感がどうなるのかいろんなパターンで知っていた方が予測をつけやすいですから」

「あ、それって俺の仕事も同じだ。いろんなパターンを体験しておくと的確に対処できるようになるし、応用もきくようになるよね。ただ情報として知っていても、身についてないと案外活用できないものだしねえ」

意外な共通点のような気がしたけれど、考えてみれば当たり前のことだ。たくさんのことを知り、体験することで、組み合わせが広がって世界が広がる。そう思うと、どんな仕事でも先に進む気さえあれば自分なりに進化するものなのかもしれない。

はぐ、はぐ、と残りもいいペースで胃に収めた啓頼が、唇についた粉砂糖を舐めた。なんとなくドキリとする己牧に気付くことなく満足げに呟く。

「ほんとに美味しいなー……。初めて作ってこのクオリティだなんて、こまちゃん天才だね」

臆面もなくそんなことを言ってしまえる啓頼は、毎回幸せそうに、見ている方がうれしくなるくらい気持ちよく食べて、惜しげもなく褒めてくれる。

照れくさいけれど自信がつくし、ものすごく励みになる。

彼は己牧のアレンジが入っている方がより好みに合うらしく喜んでくれるから、新作を考えるのも楽しい。思いついたアイデアをこまめにメモして試作するようになったら、常連さんを飽きさせないように『今月のケーキ』と銘打った新作を毎月二点ずつ作り出すのに苦労していた父親も「己牧が次々にアイデアやヒントを出してくれて助かる」と大喜びだ。

最初の数回はお菓子を作った己牧からの「今夜は散歩に来ますか」というメッセージがきっかけだった待ち合わせも、何回めからか啓頼の方からも同じ文章で誘いがくるようになった。

もちろん己牧も「行きます！」と即答だ。初めて彼の方からお誘いがあったときは、見間違いかと思ってものすごく動揺してしまった。

ちなみに彼から誘われたときは、「ささやかながらいつものお礼」という名目で差し入れがある。

お取り寄せしたというちょっと贅沢なチョコレートや皮まで使えるオーガニックの果物、ドライフルーツ、ときにはお酒を飲む人が喜びそうな珍味も。「少しでごめんね」なんて言っているけれど、逆に己牧が遠慮しなくていいくらいの量なのが大人の気遣いだと思う。

互いに誘いあうことで会う回数が増えていき、五月が終わるころにはほとんど毎晩のように啓頼と会うようになっていた。

しかし五月の次は六月、水無月(みなづき)は名ばかりの月だ。水がないどころかあり余る。


「今夜も雨だ……」

玄関ドアを少し開けて外をのぞいた己牧のため息混じりの呟きに、くぅん、と足許で悲しそうな声がシンクロする。雨の日は玄関に入れているシロさんだ。

「残念なのは僕だって一緒だよー……」

ざあざあと響く雨音と高湿度の外気をドアを閉めて遮り、己牧はしゃがみこんで愛犬のもふもふの首周りを撫でて慰める。

六月になってすぐに梅雨(つゆ)入りし、夜の散歩になかなか行けなくなった。特にこの四日間は夜になるたびになぜか大降りになって、全然散歩に出られずにいる。つまり、啓頼に会うのも四日間お休み中。

「せっかく新作を考えたのになあ……」

梅雨の湿気に負けないくらいのじめじめした気分でため息をつくと、スマホにメッセージが届いた。何の気なしに画面を見た己牧は大きく目を見開く。

こんばんは、から始まるメッセージは啓頼から。

『シロさんは運動不足になってないかな？』

獣医師として気にしているだけだとしても、四日ぶりの連絡がうれしくて己牧はすぐに返事を返した。

『雨がやんでいるときに祖父や母が散歩に連れて行ってはいますが、足りてないかもしれません』

『電話していい？』

すぐにきた返信に大きく心臓が跳ね上がる。これまではメッセージのやりとりだけですませてきたから、電話は初めてだ。

緊張を覚えながらも『はい』と返した直後に着信があって、スマホを取り落としそうになってしまった。

「こっ、こんばんは……っ」

己牧につられて落ち着かなくなったシロさんをなだめながら電話に出ると、穏やかな低い声が返ってきた。

「こんばんは。ちょっとひさしぶりだね」

「……雨続きですもんね」

　こっちとしてはちょっとじゃないけどヒロ先生にとってはちょっとなのか、と思いながらも無難に返したところに、ため息混じりの声が重なった。

「四日もこまちゃんに会えないとけっこうしんどいね」

「……っ」

「このところずっとこまちゃんの手作りお菓子を食べさせてもらってたせいか、いまもう完全に欠乏状態。禁断症状出そう」

「……それ、僕に会えないのがしんどいんじゃなくてスイーツ依存症じゃないですか」

　思わず脱力、そして苦笑。べつにがっかりしたわけじゃないし、がっかりする理由もないんだけど……と思っているのに、口調が少しそっけなくなってしまう。

「スイーツをお求めなら『もりはら』にどうぞ」

「うーん、実はコンビニスイーツで間に合わせてみたんだけど、こまちゃんの味がいちばん好きなせいか他のじゃなんかもの足りないんだよねえ。たぶん『もりはら』さんのケーキでも、ちょっと違うな、ってなると思う」

　真面目な口調でそんなことを言うなんて、作り手の心をくすぐるのが上手すぎて罪作り。

　でも、うれしい。単純に彼の口にいちばん合うお菓子を作れるのが自分なのだとしても、頭をひねり、心をこめて作り上げたものをそこまで好んでもらえるのはすごく幸せだ。

　体の内側から湧いてくるしゅわしゅわとしたうれしい気持ちのせいですぐに言葉が出ないでい

ると、啓頼から思いがけない質問がきた。

「もしかしてシロさんが近くにいる？」

「え……はい。なんでわかったんですか？」

「こまちゃんにしては荒い呼吸が聞こえるから」

笑みを含んだ声で言われて納得、シロさんの鼻先はしゃがんで撫でている己牧の顔のすぐ近くにある。人よりテンポが速い呼吸をスマホが拾っていたらしい。よかった、このはあはあしている呼吸を自分のものだと思われなくて。

「シロさんは雷が苦手なので、雨の日は玄関暮らしなんです」

「ああ、そういえば俺の腹の虫にもすごい怯えてたもんねえ」

初めて会った日のことを思い出して笑いあったあとで、彼から獣医らしいアドバイス。

「シロさんってたしか八歳だったよね？　そろそろ筋力の低下が始まるころだし、散歩に出るのが難しいときは家の中にちょっとしたでこぼこ道を作ってあげたらいいよ」

「でこぼこ道……？」

「うん。廊下とか、少し長めに歩けそうな場所があったら丸めたタオルやサイズの違う箱なんかを適当に置いて、その上に大きめの布をかけてわざと悪い足場を作るんだよ。ゆっくりでいいからそこを歩かせることで体幹と脚が鍛えられるから」

このアドバイスが主目的だったにしろ、久しぶりに聞く落ち着いた低い声はとても耳に心地いい。ほかにもいくつかアドバイスをもらったあともう少し彼の声を聞いていたくて、己牧は自分から話題をふってみた。

「そういえば、夏に向けて新作ケーキを考えたんですよ」

「え、今度はどんなの？」

期待通りにいい反応。己牧は唇をほころばせて新作のイメージを話して聞かせる。

啓頼からしてみたら話だけでも垂涎ものらしく、「うわー、食べてみたいなあ」と熱のこもった感想をもらう。そんな声を聞いたらこっちもすぐにでも作りたくなってしまう。

でも作っても雨だと会えないし……とためらった己牧の瞳が、撫でられてうれしそうにしているシロさんに留まって見開かれた。

「ヒロ先生、僕、持って行きます！」

「え、どこに？　公園？　だったら俺が『もりはら』まで行くけど……」

「いえ、クリニックの方に」

前回フィラリアの薬をもらってそろそろ二カ月、次の予約はたしか明日だ。土曜だからまた自分が行こう、と予約日を見て思った覚えがあるから間違いない。

「保冷バッグに入れて明日持って行きますので、お仕事が終わったら食べてください」

「うわー、ありがとうこまちゃん。明日がすごく楽しみになったよ」

晴れやかな声につられるように「僕もです」と言いかけて、差し入れをする方がそれを言うのはおかしいような気がして声を飲みこむ。代わりに「新作の成功を祈っていてくださいね」と返した。

啓頼に予告した夏に向けての新作は、タルト・シトロン。出来たてよりは冷やしておいた方がいいスイーツだから、今夜のうちに作っておく。

手のひらサイズで焼いたざくざく食感のビスキュイ生地のカップには、オレンジのリキュールでほんのり風味付けしたホワイトチョコレートのクリームに生クリームを混ぜて少し軽くしたものをたっぷりと。その上にレモン風味のさっぱりした甘さのムースを絞り袋でうずまき状に重ね、透明なレモンゼリーのクラッシュとミントの葉を飾って涼しげに仕上げる。

仕上げの作業をしていると、キッチンのドアが開いて祖父が顔をのぞかせた。

「調子はどうだい？」

「上々です、師匠」

にっこりして完成品をひとつ掲げて見せると、ゆったりした足取りでやってきた祖父がタルトを受け取ってしげしげと眺める。

「ほほう、これはなかなか……。香りも見た目も爽やかでいいねえ」

「ご試食もお願いします」

「うむ」

改まってお願いすると、笑って引き受けた師匠がひとくちかじる。啓頼の大きな口による幸せそうな食べ方とは違って、じっくり吟味するような咀嚼はちょっと緊張。

ふむ、と小さく頷いた祖父が評価を下した。

「味も申し分なし。こまちゃん、これ、お父さんにも食べさせてみてごらん。夏場はムースやゼリー系の方が売れるからお店に出せるかもしれないよ」

「ほんと？」

ぱっと顔を輝かせる己牧に、祖父が柔和(にゅうわ)な瞳を細めて頷く。

「最近よくオリジナルを作っているせいか、どんどん上達しているねえ。特に柑橘類の使い方が上手になったね」

ドキリとする。理由に心当たりのある己牧は反省をこめて白状した。

「……実は、僕のお菓子を喜んでよく褒めてくれる人が柑橘系が好きみたいだから、つい……。でも、そういう風に誰かの好みに偏(かたよ)るのってよくないよね」

「べつにいいんじゃないかい」

のんびりした返事は思いがけないもの。タルト・シトロンを片手に持ったまま冷蔵庫を開けた祖父が、アイスティーを取り出しながら言う。

「人が作るものなんだから、誰の好みにも偏らない嗜好品なんてこの世にはないよ。むしろ偏った部分こそが特長になれる部分じゃないかい？」

「それはそうかもしれないけど……」

納得していいのかわからないまま己牧は祖父と自分のためにグラスを出して、使い残しのミントを軽く手で揉んで香りをたててから氷と一緒にグラスに入れる。アイスティーが注がれ、カランと涼しげな音が響く。

ひとくち飲んだ祖父が納得顔で頷き、やわらかな眼差しで話を続けた。

「むろん悪い影響を与える人に引きずられてるんなら、それは駄目だよ。でもこまちゃんのお友達の場合は逆だろう」

「え……？」

「上達してるってことは成長の助けになる人だ。しかも褒め上手なら申し分ないね。最近こまちゃんが変わったなあと思っていたんだけど、高三になったことでパティシエになる腹が決まったからっていうよりは、そのお友達の影響みたいだねえ」

「……僕、そんなに変わった？」

「うむ。おーちゃんがいたころのこまちゃんだったら、じいちゃんの褒め言葉は半分くらい気を遣ってるって思っているみたいだったからあんまり本気にしてくれなかったよ。『お店に出せるかも』って言ったところで、きっと困り顔で笑うだけで信じてくれなかっただろうねえ」

言われてみたらそうかもしれない。「おーちゃん」こと兄の修己がいたころは、常に自分より何歩も先を行く人が目の前にいることで「僕のはしょせん趣味みたいなものだし……」と自ら先に自作を否定して防御壁を作っていた。プロを目指してるわけじゃないからと言い訳することで、自分を無意識に守っていた。

でも、「こまちゃんが作ってくれた味がいちばん好き」と啓頼から全面的な肯定を何度ももらっているうちに、知らず知らずのうちに自分の作ったお菓子に対するプライドと自信が生まれていたみたいだ。だからこそ、さっきの祖父の高評価を素直に受け入れることができた。

「そういう人は大事だよ。きっとこまちゃんの支えと基準になってくれるからねえ」

「支えと基準って……すごく大事なものなのに、そんな、友達……？　みたいな人でいいの？」

年上の啓頼を友達と呼んでいいのか迷ったせいでたどたどしい言い方になってしまったものの、祖父はあっさりと頷く。

「本人に直接意見を聞くためじゃなくて、自分の心の中でコンパスになってもらう人だからねえ。よく知っている人の方が反応をイメージしやすくていいよ。家族や友達の誰か、尊敬している人、ライバル、なんなら自分自身でもいいんだ。人の好みは十人十色、千差万別だろう？　だから嗜好品のような、『なくても生きていけるが喜びになるようなもの』を作る人は迷子になりやすい」

戸惑う表情になった己牧に祖父は具体例を挙げた。

「たとえばね、ひとつのケーキに関して『もっと甘くしてくれ』という希望と『甘さを控えてくれ』という希望は同時には叶えられないだろう？　でも作る側はそれを求められるし、自分でもせっかく買ってくれた人をがっかりさせたくないと思えばこそ、相反する希望だとわかっていながら叶えたくなるんだよねえ。でも、無理なものは無理なんだ。みんなの好みに合わせたいと願うと、結局何も作れなくなる」

長年『もりはら』の店主を務めていた祖父だけに、その言葉には重みがあった。真剣な顔になる己牧に祖父が続ける。

「だからものを作る人には、心の中にコンパスになる誰かがいた方がいいとじいちゃんは思ってるんだよ。心の中のその人が満足できるようなものを作ろうって思うことでぶれずにいられるし、その人が満足できないものは出さないっていう戒めにもなるからねえ。それに、迷って歩けなくなりそうなときも支えてくれる」

師匠の話を心のメモにしっかり書き留めながら、ふと気になって己牧は聞いてみた。

「ちなみに、おじいちゃんのコンパスは……？」

「いまでもおばあちゃんだよ」

少し照れながらも亡き祖母だと即答した祖父に、胸の中がふんわりとあたたかくなる。

一方で、基準として定めてしまったら一生その人を胸に住まわせることになるらしいと気付いた己牧は、自分の「コンパスになる人」について考えるのはとりあえず先送りにした。

祖父のお勧めは啓頼のようだけれど、決めてしまうのがなんとなく怖くて。

翌日の午前中、クリニックの予約時間に十分間に合うように己牧はシロさんを連れて早めに家を出た。ゆうべ作ったタルト・シトロンとおまけの焼き菓子を入れた保冷バッグも忘れない。

降ったりやんだりの空は淡いグレーとブルーのマーブル模様だけれど、幸いいまは雨の小休止。

シロさんはカッパを着せた瞬間から大喜びだった。

ぶんぶん揺れているしっぽ、いつも以上に楽しくはずむような足取り。つられるように己牧の足もやたらと軽くなる。気をつけていないとクリニックに向かって駆け出してしまいそうなくらい。

この時期の春野どうぶつ病院の前庭は紫陽花(あじさい)が満開だ。白っぽいものから濃い青紫まで、たっぷり水を含んだ水彩絵具を滲(にじ)ませたようなこんもりした集まりには、六月の空がよく似合う。雨が残る葉から落ちる雫(しずく)もきらめく花の風情。

両側を紫陽花に彩られたクリニックに向かっていたら、内側からドアが開けられた。黒猫を抱いた小柄なおばあちゃんと長身のドクターが現れる。

「……!」

五日ぶりに見る姿、しかもひさしぶりに診察衣の啓頼。

大きく目を見開いて見つめていると、おばあちゃんと何か話していた彼が視線を感じたかのようにこっちを向いた。己牧に気付くなり、うれしそうな歓迎の笑みを浮かべる。

「こんにちは」

きゅっと締めつけられたようになった胸が、ふわりとあたたかくゆるむ。にやけそうな顔をなんとか抑えて挨拶を返そうとしたら、思いがけない方向からおっとりとした声が飛んできた。

「あらまあ、森原さんちのこまちゃんじゃない？」

目の粗い洗濯ネットをケージ代わりにするという知恵袋を実践している黒猫の飼い主は、よく見ると食器屋のご隠居さん。祖父の俳句仲間で、『もりはら』に来たら毎回ケーキではなく和菓子の方をご購入の常連さんだ。

己牧は「お店の子」として、常連さんに向けて接客スマイルを発動した。

「こんにちは。今日は祖父が水羊羹を作ってましたよ」

「本当？　水羊羹大好きなの。帰りに寄らなくっちゃ」

『もりはら』の最新情報にうきうきと答えたおばあちゃんが啓頼を振り返る。ドクターに挨拶をしかけて、ふと小さな目を瞬かせた。

「そういえば先生、こまちゃんの好きな人によく似てらっしゃるわねえ」

「え……？」

困惑の表情を浮かべた啓頼に己牧は内心で青くなった。

食器屋のおばあちゃんは祖父と仲がいいから、己牧が俳優の早坂アキラのファンだと聞いていたのだろう。だからって「好きな人に似ている」という言い方はどうなのか。それじゃまるで己牧が男の人を好きみたいだ。

誤解されないように慌てて会話に割って入る。

「す、好きっていうか、僕、俳優の早坂アキラさんのファンなんです！　背が高くてすごく格好いいですよね！　同じ男として憧れます！」

「……そうなんだ」

熱をこめて訂正したのに、なぜか啓頼は複雑そうな顔になった。

（もしかして似てるって言われるの、嫌なのかも）

芸能人に似てると言われて喜ぶ人もいるけれど、そうじゃない人もいる。なまじ啓頼は「出演したら知名度が一気に上がる」といわれる朝ドラに出ていたころの早坂アキラに似ているだけに、間違って声をかけられて不快な思いをしたことがあるのかもしれない。

急いで話を変えようとしたのに、おばあちゃんはにこにこと駄目押しした。

「いまのアキラはもっとイマドキで軽い感じだけれど、朝ドラのときはヒロ先生みたいに髪も黒くて眼鏡をかけていたものねえ。ねえ、似てるって言われるでしょう」

質問の形をとっているようで有無を言わせない口調には慣れているのか、啓頼は淡く笑って頷く。

「言われますね。似せてるわけじゃないんですけど」

「そうなの？　でも本当にそっくりよねえ」

悪気なく似てると繰り返すおばあちゃんに啓頼がちょっと困った苦笑を浮かべているのに気付いて、己牧は急いで口を挟んだ。

「に、似てないですよ、そんなに……！」

眼鏡の奥でわずかに目を見開いた啓頼が、ふいににこりと笑んで軽く首をかしげる。

「似てるってよく言われるけど？」

笑顔なのになんだか意味深。さっきの苦笑からしてここはしっかり否定した方がいいだろう。

「いえ、似てるように見えても全然違います」

「……こまちゃんが好きな俳優って聞いてるのに、そこまで否定されるのもなんか微妙だなあ」

またもや苦笑された。焦ってしまう。

「いや、あの、たしかに朝ドラのときの早坂さんとは似てる部分もあるんですけど……っ。ただ僕は、ヒロ先生の方がずっとす……」

好きです、と言いかけたけれどこれは危ない。誤解されても仕方がないフレーズだ。とっさに飲みこみ、代わりに浮かんだ言葉をなんとか口にした。

「……っごく格好いいと思います！」

よかった、ごまかせた……とほっとしたものの、よく考えてみたらこれはこれであやしい。人気俳優より格好いいと言い切るなんて。

おそるおそる目を向けてみると、見るからに驚いている啓頼と目が合ってしまった。何て言葉を繋いだらいいのかわからなくて固まっていたら、ふ、と端整な顔立ちがやわらかな笑みにとける。

「お世辞でもありがとう」

「……いえ、お世辞じゃないですし……」

どぎまぎと視線をそらして、落ち着かない気持ちをごまかすように言い足した。

「なんか、ヒロ先生の方が濃い味って感じがします」

ぷは、と彼が笑う。

「それって喜んでいいのかなあ」

「い、いい意味で言いました……！」

「じゃあ素直に喜んどくね」

楽しげに瞳をきらめかせる啓頼にほっとすると、食器屋のおばあちゃんも「たしかに早坂アキラはウスターソースで、先生はとんかつソースって感じよねえ」と微妙にわかりにくい同意をくれた。ちなみに実際の啓頼は爽やかでやさしげな男前、とんかつソースほど濃度は高くないと思う。

おばあちゃんを見送ったあとは、クリニックで四月のときと同じようにシロさんの定期健診をしてもらってからフィラリアのお薬をまた二カ月ぶん。次は八月、夏休み中だから次も己牧が連れて来られる。

帰り際に例の新作「むしやしない」を渡すと、いつものようにこっちまでうれしくなるような笑顔でお礼を言われた。それだけでも十分なはずなのに、彼がタルト・シトロンを食べるときに隣にいられないのはなんだかすごく残念な気がした。


けれどもその日の夜。

夕方から降りだした雨のせいでまた散歩には行けなかったものの、己牧のじめじめした気分を吹き飛ばしてくれることが起きた。

啓頼がタルト・シトロンについて感想の電話をくれたのだ。

「こんばんは、こまちゃん。今日は差し入れをありがとう」

「い、いえ……っ」

急に速まった鼓動を意識しながら、己牧はリビングから自室に向かう。啓頼と話しているときの顔を家族にはなんとなく見られたくなくて。

タルト・シトロンへの絶賛に照れながら移動していた己牧は、本日の「むしやしない」にこっそり仕込んでいたものを思い出して唇をほころばせた。真面目な口調を装って水を向けてみる。

「おまけもひとつだけ入れておいたんですけど、気付きました？　抹茶味のガレットに夏みかんのバタークリームを挟んだバターサンドなんですけど」

一瞬、沈黙が落ちる。

「んー……、あれはなんて言うか……ガレットもクリームもそれぞれの香りがだいぶ強いっていうか……、抹茶の苦みが夏みかんの甘酸っぱさを……うーん……」

口に合わなかったことを上手にごまかせないらしい啓頼の続きを、己牧は神妙(しんみょう)に引き取った。

「悪い意味で強調しちゃってましたよね」

「ごめん」

婉曲(えんきょく)に肯定を表す謝罪を受けて、今度は笑って種明かし。

「いえ、こっちこそすみません。別々だと美味しかったのにサンドにしたら微妙になっちゃったなーって試食したときに僕も思ったんですけど、ヒロ先生の反応を見てみたくて」

「……こまちゃん、意外といたずらっこなんだ？」

「ち、違いますよ！」

とっさに否定したものの、我ながら微妙な試作品をあえて差し入れに加えたのは、いつも褒めてくれる啓頼がどんな反応をくれるか知りたかったからだ。ていうか、ちょっと困らせてみたかった。これをいたずらと言わずして何と言おう。

「……すみません、違わなかったみたいです。ごめんなさい……」

じわりと頬を熱くして認めると、彼が楽しげに笑った。

「そんなにしょんぼりしなくても怒ってないよ。意外だけど、なんか可愛いなあって思っただけだから」

絶句すると、少し間があって、自分の発言を反芻したらしい彼の声が慌てた。

「ご、ごめん……！　高校三年生の男の子に可愛いはなかったよね？　いまのは言い方を間違ったっていうか、えーと、興味深い？　意外性がいいなって思った？　うわ、なんか何言っても墓穴だ……」

自分以上に困っている啓頼の声を聞いているうちに、だんだん顔がほころんでゆく。

母親似で童顔の己牧は、商店街の人たちからは挨拶代わりのように「可愛い」と言われている。

子どものころから知っている人に言われるのは慣れもあって聞き流しているのに、啓頼からのは予想外でびっくりしただけだ。べつに嫌なわけじゃない。

そもそも啓頼はコミュニケーションを大事にしている春野どうぶつ病院のドクターだ。ペットの飼い主は往々にして愛に溢れた親馬鹿さんたち、うちの子が世界でいちばん可愛いと信じてやまない人々と会話するのに「可愛い」という形容をよく使っているはず。さらりと口をついて出てきたからって深い意味はないだろう。

そう言って「気にしてないです」と返すと、スマホの向こうで何か言いたげな沈黙が落ちた。

「ヒロ先生……？」

戸惑って呼びかけると、啓頼が空気を変えるように話題を変えた。

「そういえば、こまちゃんの誕生日を教えてもらおうと思ってたんだよね」

「え、な、なんでですか」

「いつも美味しい『むしやしない』を食べさせてもらってるから、ちゃんとしたお礼をしたいなって思って」

取り寄せた品物を「ついでに」のお礼じゃなく、正式な形でしたいのだという。

「もしかして今年はもう終わっちゃった？」

「いえ……」

否定したものの、その先を己牧は言いよどむ。タイミングがいいのか悪いのか己牧の誕生日はこれから、しかもちょうど一カ月後の七月半ばだ。何も準備できないほど近くもなければ、忘れるほど遠くもない。祝ってくれと言わんばかり。

言いづらくても「いつ?」と重ねて聞かれたら答えないわけにはいかなかった。誕生日を答えると、プレゼントのリクエストを聞かれる。

「何か欲しいものがあったら教えてくれる? ものじゃなくてもいいけど」

「ものじゃないプレゼントって……あっ、歌とか?」

「いや、それは無理! ごめんだけど創作系はなしにして」

慌てる啓頼に笑うと、代わりのように彼の方から提案がきた。

「出かけるのはどう?」

「出かけるってどこへ……?」

「そこまでは考えてなかったけど。こまちゃんはどこか行ってみたいところがある?」

聞かれてすぐに浮かんだのは遊園地や水族館。でも、そういうコースをねだるのはなんだかすごくハードルが高い。デートの鉄板だし。

(ていうか、デートじゃなくてただの「むしやしない」のお礼だし……!)

即座に自分にツッコミを入れたものの、誕生日プレゼントとして「啓頼とすごす時間」をもらえるのはすごく魅力的だ。彼といるのは楽しいし、夜の公園やクリニック以外で会うとどういう感じなのか見てみたい。

頭をひねって、己牧はスイーツで繋がっている二人にふさわしい行き先をひらめいた。

「カフェはどうでしょうか」

「えっ、いいの？」

思いがけない返事にきょとんとすると、彼もおかしな返事だと気付いたのか照れた声で言い訳する。

「俺が行きたくても行けないところをこまちゃんが提案してくれたから、驚いちゃって」

「そういえばヒロ先生、甘いもの大好きですもんね」

くすりと笑う己牧に「そうなんだよ」とためらいもなく肯定が返ってくる。

「カフェスイーツってそこでしか食べられないものもあるからすごく気になるんだけど、可愛い雰囲気のとこだと女の子やカップルばかりだから男一人だと入りづらいんだよね。特に俺みたいなのだと似合わないせいかすごい見られるし」

「……彼女さんと行ったらいいんじゃないですか」

ごく普通のコメントをしたつもりだったのに声が少しぎこちなくなってしまった。けれども啓頼は特に変には思わなかったらしく、真面目に返された。

「それがねえ、最初はよくてもそのうち嫌がられちゃうんだよね。会うたびにカフェ巡りしてケーキ三昧なんてつまらないし、デートのたびに太るーって」

残念なことに、とため息をつく啓頼に彼女がいるかどうかは、いまの答えだとよくわからなかった。いや、べつに自分がそんなことを知る必要はないんだけど。

ともあれ、啓頼からの「お礼」の誕生日プレゼントはカフェへのお出かけに決まった。学生の己牧と土日も仕事の啓頼のスケジュールをすりあわせて、誕生日当日ではなく己牧が夏休みに入った七月末で日程まで決定。

一カ月も先の約束なのに、このプレゼントの威力はすごかった。雨が降って夜の公園に散歩に行けなくても、カフェに行く詳細を啓頼と電話やＳＮＳでやりとりするだけで毎日そわそわうきうきする。

もらう前からプレゼントを受け取ったような時間をすごしているうちに梅雨が終わって、己牧は再びシロさんを連れて夜の公園に散歩に行くようになった。

初夏から盛夏になり、誕生日プレゼントのお出かけの日が近づいてくる。

【3】

からりと晴れた青空、じりじりと照りつける日差し。夏休みに入った己牧は家業の手伝いに忙しい。

夏場はやはり喉（のど）ごしのいいスイーツの方が売れるから、『もりはら』のショーケースにもゼリーやムース系が多く並ぶ。

「お父さん、レモンタルトあと二個しかないよ」

「あいよー」

厨房に声をかけると、パティシエというより定食屋のオヤジさんのような父親からの返事。いや、真剣な眼差しでロールケーキを巻いている姿は巻き寿司を作っている職人さんの方がしっくりくるかも。

店主の隣で小豆（あずき）ならではの甘い香りを漂わせている鍋をかき混ぜていた祖父が、店に戻ろうとする己牧に目を細めて声をかけた。

「こまちゃんのタルト、評判いいねえ」

「おかげさまで」

はにかみながらも已牧は笑顔で返す。

祖父から認められただけあって、タルト・シトロンはほぼ已牧の試作品通りで「七月のケーキ」として『もりはら』に出ることになった。お年寄りや子どもたちに「シトロン」はわかりづらいだろうということで名前は「レモンタルト」に変更になったけれど、自分の考えたケーキがショーケースに並んでいるのも、売れてゆくのもうれしくて、家族割引による格安アルバイト代の手伝いもいつもよりずっと楽しい。

でも、今日は午前中のみのお手伝いだ。

啓頼と出かける約束があるから。

「つれてってくれないの……？」と切ない視線を送ってくるシロさんを後ろ髪を引かれる思いながらもなんとか振り切って、已牧はいつもの小さな公園にやってきた。啓頼は『もりはら』まで迎えに来てくれると言ったのだけれど、なまじ彼の見た目は已牧の憧れの俳優に似ている。母親に目撃されると面倒くさいことになる気がしてここで待ち合わせることにしたのだ。

明るく強い光に満ちた公園は、静かな夜の姿とはうって変わってにぎやかだ。

ほとんど遊具がない炎天下の園内で遊んでいる人はいないのだけれど、木々からは全力のセミの鳴き声が降り注いでいる。うるさいほどの大合唱にシロさんお気に入りのピンクの巨大ペンギンも若干お疲れ顔。

いつものベンチに腰かけると、頭上の枝が提供してくれる緑陰にほっと吐息が漏れた。日差しを透かしている桜の葉は鮮やかなグリーン、重なりあったところは濃く、一葉のところは明るい。枝が風に揺れるたびにグリーンの濃淡も揺れて、隙間から見える青空とともに不思議なモザイクのようだ。

歩いてくる間に額に滲んだ汗をタオルハンカチで拭きながらしばらく眺めて、汗が引いたところでスマホで時刻をチェックした。

約束の二時まであと二十分もある。

「……気合い、入りすぎ？」

待ち合わせにちょっと早く来てるくらいはきっとセーフ。でも服装は大丈夫だろうか。木漏れ日でまだらに明るくなっている自分の姿を己牧は見直す。

着てきたのはお気に入りのボーダーのＴシャツとくるぶし丈のチノパン、靴はスニーカー。筆記具の入ったメッセンジャーバッグを斜め掛けしている。一応、はりきりすぎてると思われないようにいつも通りに……でも自分にいちばん似合うと思われる組み合わせにしたつもりだ。

「子どもっぽいかなあ……」

これに決まるまでも毎日頭をひねっていたのだけれど、決まってからも迷ってしまう。年上の友達と出かけるのが初めてなせいで、彼に恥ずかしい思いをさせないようにしなくてはという思いと、自分がいちばんいい感じに見える姿で行きたい気持ちの間であっぷあっぷしている。

（……って、いい感じに見せたいなんてデートじゃないんだから）

ううう、となんだか自分がいたたまれなくて両手で顔を覆って落ち着こうとしていると、車が停まる音がした。顔を上げると、出入口の近くにある駐車スペースに赤と白のツートンの車。大柄な男前が降りてくる。

時刻は二時十五分前、啓頼も早めに来てくれたのだ。楽しみにしていたのが自分だけじゃない証拠みたいで、体の内側で何かがしゅわしゅわとはじけてじっとしていられなくなる。

自分から走って彼の元に向かうと、気付いた啓頼がにっこりした。

「こんにちは、こまちゃん。待たせてごめんね」

「いえ、僕もいま来たところですから」

答えたあとで、いかにもこれからデートするカップル定番の返し方をしたことに気付いた己牧は明るい日の光の下で顔が赤くなったりしないように慌てて目の前の車に注意をそらす。

真っ赤なボディに白い屋根、軽自動車よりは幅と長さがあるユニークなデザインの小型車。

「なんか……すごく可愛いですね」

「借りものなんだ。こっちに来て遠出する機会もなかったし、特に不便もなかったから自分の車はまだ持ってなくて」

似合わないのがわかっているのか照れくさそうに笑っての答えに、じわりと胸の奥に黒い染みのような予感が広がった。

でも、こんな気持ちになる理由なんてない。この可愛い車を啓頼が誰から借りようと自分がもやもやする理由なんてないし、むしろ貸してくれた人に感謝しないといけない立場だ。

啓頼が助手席のドアを開けてくれる。

「これ、もともとはイギリスの車だから日本の軽よりちょっと広いんだよね。体格がいいイギリス人も大丈夫なサイズってことで」

「じゃあヒロ先生も乗りやすいんですね」

「ありがたいことにね」

にこりと笑ってドアを閉めてくれる彼は紳士の国発祥（はっしょう）の車にふさわしく、とても親切だ。でもその仕草は、普段この車の持ち主にそうやってあげているからなんじゃ……なんて疑念も抱かせる。

（だから駄目だって、そういうこと考えたら……！）

軽くかぶりを振って、己牧は無理やり気持ちを上げるように元気な声を出した。

「今日はありがとうございます。楽しみですね、カフェ」

「うん、楽しみだね。がっつり食べられるように昼は軽くすませてきた？」

「もちろんです。ヒロ先生は？」

無言のニヤリが返ってきた。見るからに気合い十分、今日を楽しみにしていたらしい彼に少しだけ胸のもやもやが晴れる。

行き先は事前に相談して決めておいた。ここから車で三十分くらいで行ける、一階がパティスリー、二階がカフェの一戸建てのお店だ。素材へのこだわりが最大の売りで、特に契約農家から毎朝届く新鮮なフルーツたっぷりのタルトが人気。

啓頼がエンジンをかけるのと同時に、聞き覚えのあるメロディが車内に流れた。ＣＭで聞いたことがある英語の曲はどこか懐かしい雰囲気で、噂によるとヘヴィメタが好きという早苗のイメージではない。

「あの、これってビートルズ……ですよね？」

「うん、『I WANT TO HOLD YOUR HAND』だね。春野先生って本当にイギリス好きだよねえ」

「春野先生の車なんですか？」

さなえ先生じゃなくて？　と続けそうになって慌てて口を閉じると啓頼があっさりと頷く。

「最初はレンタカーを借りるつもりだったんだけど、『最近乗ってないからうちの子を走らせてあげて』って春野先生が貸してくれたんだ。本当はルーフもユニオンジャック柄にしたかったらしいんだけど、目立ちすぎるからダメって奥さんに止められたって残念がってたよ」

明かされた話に、さっき少し強ばってしまった胸の奥がやわらかくほどけてゆく感じがする。ほっとして、うきうきとそわそわが勝手に戻ってきた。

啓頼の運転は彼らしく落ち着いていて、なめらかだった。己牧もゆったりした気分になって他愛もないおしゃべりや聞き覚えのある曲を楽しんでいたら、建物の間で何かがきらめく。

「あ」

呟いたときには視界が開け、夏の光をはじく海原が現れた。

「ヒロ先生、海ですよ！」

「海だねえ」

小さな子どものようにうっかり見たままを口にしてしまったのに、横顔で笑った啓頼がやわらかな声で返す。まるで、己牧が喜んでいるのがうれしいみたいに。

胸の中でドキドキの実がはじけるような感じがして、己牧は落ち着かなく顔を海に戻した。

浜辺にはカラフルなビーチパラソルがぽつぽつと咲き、白い軌跡を残してサーファーたちが波に乗っている。夏休みに入ったからか親子連れも多いみたいだ。

気持ちよく晴れ渡った空、きらめく海原、初めて聞いてもどこか懐かしいビートルズ。

車を運転する啓頼が時折メロディに合わせて口笛を吹く。

キラキラして、うきうきして、ドキドキする。

なのに少しだけ胸が苦しい、不思議な気分。

目的地のカフェは繁華な通りから離れていて、その代わりに駐車場が整備されていた。

オレンジの屋根に漆喰の白い壁、南欧風の二階建てのお店は雑誌で見た取材写真と変わりなく明るく洒落た雰囲気。たしかに男一人でこの空間には乗り込めない。

事前に予約していたおかげで待たされることなく、レースのカーテンがかかった窓際の席にすぐに案内された。男同士、しかも大人と学生という組み合わせが謎なせいか、ほかのお客さんたちの視線がビシバシ飛んでくる。最初は気になったものの、「何にする？」とフォトブック仕様になっているメニューを渡されたら一瞬にして周りのことはどうでもよくなった。

「どれも美味しそうです……！　勉強のためにもできるだけたくさん試したいんですけど、一度に甘いものってそんなに食べられないですよね」

「じゃあ半分こする？」

「いいんですか？」

「うん。俺もいろいろ食べれた方が楽しいし」

にっこりする彼に、ほっとするのと同時にそわそわする。一緒にちょっと遠出しているだけでも己牧としては一大事件なのに、分けあって食べるなんてデートみたいだ。

（って、違うから……！）

すぐにおかしな方に行こうとする考えを慌てて打ち消した。

啓頼とカフェに来ているのはいつもの『むしやしない』のお礼を兼ねた誕生日プレゼントだし、半分こを提案してくれたのも単純に彼が親切な人だからだ。きっと一緒にいるのが己牧じゃなくても同じようにするだろう。

ケーキは二人で五個頼んだ。「俺はなんでも好きだから」と啓頼が選択権を一任してくれたから、すべて己牧セレクト。あれもこれもと候補を挙げて、その中からようやく絞りこむ。

やはりスタンダードは外せないということでフレッシュな苺がたっぷりのショートケーキ、ふんわりしっとりのオレンジ風味のシフォンケーキ、正統派のほろにがガトーショコラ、ベリー類がごろごろ入ったベリーソース付きのレアチーズケーキ、そして一番人気の季節のフルーツタルト。いまの時季はマンゴーやメロン、スイカ、パイナップル、マスカット、オレンジ、桃、スターフルーツなど夏の果物が満載で、ナパージュでつやをまとって夢のようにカラフルだ。

「美味しそうだねえ」

「盛りつけも見事ですね」

きらめく宝石のような皿に瞳を輝かせた啓頼に、己牧も負けず劣らずの表情で頷く。

カフェのスタッフに撮影ＯＫか確認してから、まずはスマホで写真を撮った。レースのカーテンを透かしてやわらかくなった夏の日差しがいい感じの陰影を与えて、鮮やかなフルーツの色やきめ細かな生地、絶妙なホイップ具合の生クリームが誘惑的な写真データになる。

これだけでも参考になるけれど、ダメ元で己牧は啓頼に聞いてみた。

「あの、ちょっとメモをとってもいいですか」

「もちろん」

快諾にほっとしてケーキのネタ帳的ノートを取り出す。

待たせないように大急ぎで簡単なイラスト付きでメモをとっていると、興味津々(しんしん)な顔で啓頼が身を乗り出してきた。

「ゆっくりでいいよ、こまちゃん」

「でも、クリームがゆるみますし……」

「大丈夫、それはそれで美味しいから。ていうかこまちゃんの美味しいケーキが生まれる素がそのノートなんだよね？　だったら俺にとっても大事なノートだからしっかりメモをお願いします」

真顔で頼まれた己牧は唇をほころばせて頷く。

食べながらのメモは行儀が悪いし、相手を待たせてしまうから普段ならできないのだけれど、啓頼はスイーツをこよなく愛する人だけあって理解があった。おもしろがってくれる彼のおかげで遠慮せずにすんで、あれこれ感想を言いあいながら美味しくて楽しい時間をすごす。

追加でヨーグルトムースとクレープシュゼットまで頼んで、二人でなんと七皿を完食した。

といっても後半の己牧は半分も食べられずに二くちずつもらっただけ、しかもすべての皿のデコレーションはほぼ啓頼に引き受けてもらっている。たぶん彼は己牧の倍くらい食べたんじゃないだろうか。

食後のコーヒーをブラックで口にしながら、啓頼が大きく吐息をついた。

「立て続けに甘いものばかりだと、あんまり入んないねえ」

「……けっこう食べてましたよ？」

ハーブティーを手にした己牧のツッコミに彼がにやりと笑う。

「本当はあと三個いけたらよかったんだけどね。そしたらこまちゃんが食べたいのを全部味見さ

せてあげられたんだけど」

メニューを見ながら己牧が挙げた候補を覚えていて、コンプリートを目指していたらしい。

（なんだろう、なんか……）

うまく言えないけど、胸の中があたたかくなって鼓動が速くなった。自分のために啓頼が何かしてくれる、その気持ちだけでうれしい。

自分も何かできたらいいのに、できるのはお菓子を作ることくらいだ。コーヒーを飲む啓頼を見ながらいろいろと考えを巡らせていたら、ぱっとひらめいた。

「甘くないのを置いてもいいですよね」

「んん？　急な発言は何事かな」

目を瞬いた己牧は、思いついたアイデアを端的に口にしていたことに気付いて照れ笑いする。

「さっきヒロ先生が甘いのばかりだとあまり入らないって言ってたので、ブラックペッパーをきかせたクッキーバーやスティックタイプのチーズパイみたいな、箸休め的なスナックをお店に置いてもいいんじゃないかなあって思ったんです」

「あ、それいいかも。手土産にケーキを買って行くときに甘党じゃない人がいても大丈夫だしね」

「ですよね！」

帰ったらさっそく父親に提案してみよう、と忘れないうちにイラスト付きでノートにメモしておく。

「プレゼントだから」とご馳走してくれた啓頼は、一階のパティスリーで持ち帰り用のケーキまで選んだ。己牧が候補に挙げたものの味見できなかった三個を含む。

「ヒロ先生、無理はしない方が……」

己牧としてはもう本日のスイーツスペースは満員御礼、気になるケーキばかりだけれど到底入りそうにない。遠慮がちに止めたのに、返ってきたのはにっこり爽やかな笑顔。

「無理してないけど？」

「うそ、まだ入るんですか」

「さすがにいまは無理だね。でもドライブして帰り着いたころにはこれくらい入るよ、きっと」

おののく己牧にすまし顔でのたまう。筋金入りのスイーツ男子、おそるべし。

「ヒロ先生が糖尿病にならないか心配です……」

会計をすませた彼に懸念を伝えると、軽やかに返された。

「うちは両親ともに甘党だけど糖尿になってないから遺伝的には大丈夫そうだし、摂取した糖分はちゃんと消費できてるみたいだよ。血液検査しても綺麗なもんだしね」

獣医とはいえさすがはドクター、ちゃんと自らの健康状態もチェックしているらしい。

「あれだけ糖分を摂っているのに消費してるってすごいですね」

「うん、我ながら感心する」

笑ってさらりと同意するけれど、そういえば夜の公園でこれまで聞いた話だと獣医はかなりの激務のようだった。傷ついたり体調不良だったりする動物を正しく診断して治療するのに神経と体力を使うだけじゃなく、日進月歩の医療技術や知識を常に学ばなくてはならない。脳のエネルギー源は糖というし、啓頼が大量の糖分を必要とするのは理に適って（かな）いるのかもしれない。

（ちゃんと消費してるからこそ、このスタイルなんだろうし）

目の前をゆく背中を己牧はちらりと見上げる。広くしっかりした肩から腰に向かって引き締まっている長身は、自分には到底なれないスタイルだと思えばこそうらやましいを通り越して素直に格好いいと思う。

先に立ってカフェのドアを開けた啓頼がそのまま足を止めた。どうしたんだろう、とひょこりと長身の隙間から外を見れば、来るときの青空からは想像もしていなかった悪天候。

夕立だ。

「小降りになるまで中で待っとく？」

問いかけに、己牧はあまり広くない店内を振り返る。来たときよりもずいぶん混んでいて、店員さんたちも忙しそうだ。「お店の子」としては遠慮してしまう。

「外で待ちましょう。シェードの下なら雨もよけられますし」

カフェの外に出て営業の邪魔にならないようにドアの脇に寄り、長く伸びているシェードの下に並んで立った。エアコンのきいた店内から出たばかりだと、ぬるま湯のように感じられる外気が思いのほか心地いい。

頭上ではシェードをたたく雨の音、白い紗をかけたような目の前の景色。

七月の太陽で熱せられたアスファルトや木々が天からの水に洗われ、濃い雨の匂いがする。

「……なんか、雨の中も夜の街と同じくらい別世界な感じがするよね」

雨音に紛れそうな低い声にはっとして顔を上げると、遠い向こうは晴れている空を見上げていた啓頼が視線をこっちに向けた。

「わかります」と答えなくても己牧の表情からわかったらしく、ふ、とやわらかく笑う。

「別世界に、こまちゃんと二人きりだ」

冗談だとわかっているのに、心臓がおかしな風に跳ねた。そのままとくとくと鼓動が速くなって、心臓以外が動いていないみたいな感覚に陥る。身動きできない。

雨の音がする。

ほかに何も聞こえないくらいに。世界と己牧たちを遮断するみたいに。

胸の内側から湧いてきた何かが零れそうになって唇を開いた己牧は、それを声にしようとして――飲みこむように閉じた。自分でもよくわからないけれど、そのまま声にしたらおかしなことを口走ってしまうような気がして。

小さく深呼吸して、もう一度口を開く。

「二人きりの相手が僕だなんて、なんだか申し訳ないです」

よかった、ちょっと笑って冗談ぽく言えた。啓頼も笑う。

「それは俺のセリフだよ。どうせ世界に二人きりになるんだったら、俺みたいなのより可愛い女の子がいいよね」

「そんなことないです」

ぽろりと本心が漏れた。意外そうに眉を上げた啓頼に焦って、己牧は思いついた理由を慌てて言い足す。

「あの、可愛い女の子と二人きりだと緊張しますから……っ」

「ああ、こまちゃんくらいの年だとそうかもしれないね」

あっさり納得されたら、なんだか子ども扱いされたような気がしてもやっとした。

(……本当は、女の子といてもヒロ先生といるときみたいに緊張しないのに)

内心ですねるけれど口には出さない。自分で言ったことなのに矛盾してしまうし、ツッコミを受けたらうまく答えられない気がするから。

しばらくしたら雨脚が弱くなってきた。

「もう車まで走って行っちゃいます?」

提案すると啓頼が笑った。

「こまちゃんって意外とせっかち?」

「だ、だってせっかく小降りになってますし……っ」

「うん、そうだね」

空を見て、車までの距離を見て、うん、と啓頼が頷く。

「これ、持っててくれる？」

「あ、はい……っ」

ケーキの箱を受け取ると、啓頼がカットソーの上から羽織っていた薄手のジャケットを脱いだ。それを広げて己牧を呼ぶ。

「入って。濡れたらいけないから」

自分だけ雨からかばってもらうなんて……とためらったものの、手の中にある箱から漂ってくる甘い香りで察した。

（ヒロ先生、絶対にケーキを濡らしたくないんだ）

スイーツを好きすぎる男前に唇をほころばせてしまいつつ、彼がそこまで守りたいのなら協力しようと己牧は啓頼の元に行く。ゆるくくせのある髪の上から大きなジャケットをすっぽりかぶせた啓頼から号令がきた。

「行くよ」

「はい……っ」

赤と白のツートンの車まで約五メートル。

啓頼のためにもケーキを守ろうと大事に懐に抱えて、揺らさないように小雨の中を急ぐ。開けてもらった助手席にすべりこんでほっと息をつくと、車を回ってきた彼が運転席に乗りこんだ。

見た感じより降っていたのか、真っ黒な髪にはきらめく銀色の雫が散っている。それなのに啓頼は自分のことには無頓着に開口一番聞いてきた。

「濡れなかった？」

「はい。ケーキは無事です」

手元を確認した己牧はにっこりして請け合う。啓頼が少し目を見開いて、それからゆっくりと笑み崩れていった。すいと大きな手が伸びてくる。

「こまちゃんが、だよ」

低い声が甘さを帯びて聞こえて、心臓が止まった気がした。

大きく目を見開いて見つめている間に頰に温かな手が軽く触れて、そこを伝っていたらしい雨粒を指の背ですくうようにして拭われる。

彼の手が離れるなり、一気に鼓動が再開した。どぎまぎと己牧は頷く。

「お、おかげさまで大丈夫でした」

「よかった」

なんだか顔が熱くなりそうな気がして、視線をそらした己牧はバッグを探ってタオルハンカチを取り出した。

「使ってください」

「大丈夫だよ、これくらい」

そう言う彼の黒髪の先から雫が落ちて、カットソーの鎖骨のあたりに染みる。

とっさに手を伸ばして水滴の落ちた場所をタオルハンカチで押さえると、しっかりした骨や筋肉、思ったより高い体温を感じて心臓が大きく跳ねた。

（さ、さわっ……ちゃった、ヒロ先生に……！）

ひゃあどうしようどうしよう、と頭の中でその言葉だけがぐるぐると回る。手の下にはタオルハンカチとカットソーを挟んでいて触ったといえるほど触ってないとか、同性相手に何をそんなに動揺してるんだかというツッコミを自分に入れる余裕さえない。

固まっていると、少し戸惑ったように啓頼に呼びかけられた。

「こまちゃん……？」

ぱっと手を引く。それから、動揺をごまかすようにもう一度タオルハンカチを差し出した。

「使ってください。風邪をひいたらいけないですから」

「えっと……うん、ありがとう」

押し付けがましかったかもしれないけれど、受け取ってもらえてとにかくほっとする。

雨の雫をタオルハンカチで軽く押さえて拭いている彼を横目で見ながら、本当は拭いてあげたかったなあ、と思う。相手はシロさんじゃないんだし、もともとはそこまでお節介じゃないはずなんだけど。

車の屋根をうつ雨の音が響いている。窓の外は濡れてよく見えない。

さっきのカフェの店先以上に車の中だと世界に二人きりみたいで、空気の密度が濃くなったような気がした。息をするのにもドキドキしてしまう。

（なんか、ヒロ先生といるといつも心臓がおかしい……）

やさしくて穏やかなひとだとわかっているのに、一緒にいるのはすごく楽しいのに、ときどき怯えているみたいに鼓動が速くなる。

こんなのまるで、恋みたいだ。

（いや、そんなわけないから……！）

一瞬浮かんだ考えを己牧は即座に否定した。

自分も啓頼も男だ。これまで同性を好きになったことなんてないし、自分が『普通』と違う恋をするなんて考えられない。というか、好きになっても断られる――それどころか気持ち悪がられるかもしれない――のがわかっている相手に恋なんかするはずがない。

啓頼の近くにいるだけでそわそわと落ち着かなくなるけれど、それはきっと大人の友達が初めてなせい。一緒にいるのにもっと慣れたら平気になるはず。

そう思うものの、そばにいるだけで感じる不思議な緊張と胸の高鳴りは、いまのところひどくなる一方だった。

【4】

夏休みも半分を過ぎた。

お盆前、商店街はいつも以上に活気づく。毎年この時期に夏祭りを主催するからだ。

規模としてはそう大きくはない。けれども商店街ならではの屋台や地元密着型の懐かしさが人気で、わざわざ遠方から足を運ぶ人もいるというなかなかの盛況ぶり。

ちなみに今年はこの地域でいちばん規模の大きい花火大会と開催日が重なり、借景ならぬ借花火を楽しめることになった。

「花火大会の方に人が流れるかねえ」と夏祭り実行委員でもある父親は心配していたのだけれど、当日になってみてびっくり、例年より客足は多かった。花火大会のために川辺に向かう人々の通り道になった相乗効果らしい。

商店街の多くの店では毎年店先に屋台を出して店頭販売をするのだけれど、『もりはら』も例外じゃない。店先にテントをはり、横長のテーブルを設置してお菓子を売る。

その手伝いはべつにいいのだけれど……。

「今年もこれ着るの？」

「いいじゃないい、似合うんだから」

複雑な顔の息子を一蹴して、母親が己牧に着付けたのは浴衣(ゆかた)だ。どこで見つけてきたのか――たぶん商店街に古くからある呉服屋さんのところだけれど――男性用としては珍しいカラーと模様の浴衣は、去年から売り子用のコスチュームになっている。

生成(きなり)色とそれより少し濃い鳥の子色によるさりげない市松模様の地、その上にバランスよく散っているのは赤い金魚と黒い金魚のシルエット。ちなみに博多織の角帯はベージュのラインの入った栗色。

デザインそのものが女の子っぽいわけじゃないのだけれど、母親が苺のショートケーキ、もしくはレアチーズケーキのベリーソースがけをイメージして選んだという色合わせのせいで十八歳男子が着るには可愛い印象になっている。実のところちょっと恥ずかしい。

とはいえ、この浴衣が売り子のコスチュームとして効果的なのは去年証明されてしまった。通りかかったクラスメイトたち、特に女子のグループが「森原くんカワイイ〜！」と一緒に写真を撮りたがり、ついでに『もりはら』であれこれ買っていってくれたのだ。客が多いと気軽に立ち寄りやすいのかクラスメイト以外のお客さんも例年よりずっと多くて、それなら今年もと母親の商売っ気が出たらしい。

（まあいいけど……）

半ばあきらめの境地で己牧は袂が邪魔にならないようにたすき掛けをして、まだ新品同様の桐の下駄を履く。作務衣姿がいかにも職人っぽい祖父と共に、『もりはら』の前に本日限定で設置したテントの下、横長のテーブルの前に立った。

花火大会は夜の八時からだけれど、本気で場所取りをする人たちは夕方四時には出陣してくる。甘い香りで客を呼ぶためにテントの下でデモンストレーション的に祖父が鉄板でお菓子を作り、己牧はレジをしつつのアシスタントだ。

「いい天気でよかったけど、こんなに暑いと売れないかなあ」

暑いときはやはりひんやり冷たいものが欲しくなる。ケーキは苦戦しそうだなあ……とじりじり照りつけるまぶしい太陽に目を細めて呟いたら、祖父が頼もしい笑みを見せた。

「大丈夫だよ、夏祭りにはベビーカステラやクレープの屋台も必須だからねえ」

一定数は冷たくない甘いものを求める人がいる、ということらしい。

斜め向かいの八百屋さんが冷やし胡瓜と冷やしパインを売り出したのをきっかけに、『もりはら』も商売モードに入った。祖父がレードルで生地をすくって予熱済みの鉄板に落とす。丸く広げた生地はすぐにふっくらしてきて、ひっくり返すとこんがりいい焼き色。ホットケーキよりは薄く、クレープよりは厚い生地はロールケーキ用の生地をベースに特別に考案したものだ。ふんわり焼けたら一旦ケーキクーラーの上に移して粗熱を冷まし、クリームを塗ってから巻いて下半分を紙で包む。

これは夏祭りの日だけ『もりはら』で出している、気軽に片手で持って食べられるサイズのミニロールケーキ、商品名ロールスティックだ。見た目はイタリア菓子のカンノーロに似ている。生地はプレーン、ココア、抹茶の三種類。クリームはシンプルな生クリーム、マスカルポーネチーズクリーム、カスタード、チョコレートクリームの四種。追加オプションで小豆、チョコチップ、フルーツなどをトッピングできる。

夏ならではの明るい夕方の空がだんだん茜色に染まってゆき、一番星がかすかに輝くころ、商店街の街灯の間に渡してある祭りの提灯にぽっと灯がともる。どこからか漂ってくるソースのこうばしい匂い、屋台ならではの発電機の機械音、はしゃいだ子どもたちの声、ざわざわと浮き足立っている人々。

店先に立っていると、夜に向かって少しずつ充電してゆくような祭りの空気がはっきりと感じられる。

午後七時すぎ、無事に忙しさのピークを過ぎたところで祖父が「生地もあと少しで終了だからもういいよ。こまちゃんもお友達と回っておいで」と売り子の終了を宣言してくれた。スマホをチェックしてみたら、ついさっき『もりはら』でロールスティックを買って行ってくれた友人たちから「手伝いが終わったら遊ぼうぜ」というメッセージがいくつか入っている。

「じゃあお言葉に甘えて、師匠、お先です！」

敬礼すると、祖父が頷いてレジを目線で示す。

「バイト代に野口博士を三人までなら連れて行ってもいいよ」

「ほんとに？」

お祭りの日だからか今日のバイト代はちょっと割高だ。でも屋台で買うものはすべて割高だし、お祭りのにぎわいでテンションが上がっている己牧はダメ元でもうちょっとねだってみた。

「どうせなら一葉さんがいいなー」

「こまちゃんが女人を求めるのはまだ早いんじゃないかねえ」

「にょ……っ!?」

奥手な高三男子、にやりと笑っての祖父の切り返しに惨敗。赤くなって野口博士を三人財布にお迎えしたところで軽やかな下駄の音が近づいてきた。売り子スイッチを再度オンにする。

「いらっしゃいま――さなえ先生？」

「こんばんは、こまちゃん、森原のおじいちゃん」

にっこりしたのは春野どうぶつ病院のさなえ先生だ。浴衣姿が普段と違って大人っぽい。

綺麗な水色の地に百合の描かれた浴衣は清楚で涼しげ、白い帯が品のいい愛らしさを添えている。まとめ髪を飾る銀細工の簪も美しいのに派手すぎず、紫紺の巾着かご、蜻蛉模様の切り絵の団扇と、妙齢の女性のお手本のようだ。

「さなえ先生、お一人ですか？」

気になることを聞いてくれた祖父に内心で感謝すると、少し苦笑した早苗が頷いた。

「残念ながら。せっかく浴衣で気合い入れたのに、約束してた相手の都合が悪くなっちゃって」

もしかして……とここにいない長身の男前ドクターの姿が脳裏をよぎるものの、そんなのを気にするのがおかしいのはわかっている。己牧は何も言わずに接客スマイルをキープして「プレーン生地に生クリームとフルーツトッピング増し増し」の注文を承(うけたまわ)った。

祖父がロールスティックを仕上げている間にお会計のやりとりをしていたら、早苗の巾着かごから着信音が響いた。「ちょっとごめんなさい」と断りを入れた彼女がスマホを取り出してこちらに背を向ける。

「もしもし………え、本当？」

小声で話している早苗の雰囲気がぱっと明るくなったのがわかった。なんとなく不安のようなものを覚えて、聞いちゃいけないと思いつつも耳に神経が集中する。

「……ううん、ヒロはまだクリニックだけど……術後の仔猫が気になるからもう少し様子見とくって」

はっきりと聞こえた『ヒロ』という呼び方、明らかに啓頼のことだとわかる内容に、胸の奥にもやもやと重苦しい何かが湧いてきた。

(さなえ先生、プライベートではヒロ先生のことを「ヒロ」って呼んでるんだ……)

啓頼からゼミの先輩だと以前聞いたからおかしいことではないのかもしれないけれど、それでもいろいろと引っかかる。

同じゼミだったからって卒業後もずっと連絡を取りあうものなんだろうか。啓頼が開業医の修業をしたいって言ったからって実家に呼ぶものなんだろうか。さっき言ってた「約束していたのに急に都合が悪くなった相手」っていうのも、やっぱり急遽クリニックに残るって言いだした啓頼なんじゃないだろうか。

胸の中でもやもやが重く渦を巻き、不快さに己牧は無意識に胸元を手で押さえる。

「……そうね、それがいいかも。じゃあ迎えに行くから、それからヒロのとこに行こっか。……うん……うん、そうしよう！」

上機嫌で早苗が通話を終えた。

振り返った彼女に出来たてのロールスティックを渡すと、来たときの淡い苦笑とは大違いの輝くような笑顔でお礼を言われてなんだか複雑な気持ちになった。「ヒロ」に関わるうれしいニュースだったのは明らかだ。

見ていられなくて瞳を伏せたら、きびすを返そうとしていた彼女が「あ、どうしよう」と足を止めた。そのまま眉根を寄せて固まる。

「……どうしたんですか？」

戸惑いながらも水を向けてみると、己牧を見た彼女の瞳が「天の救け……！」と言わんばかりに輝いた。体ごとこっちに向き直るなりテーブルごしに身を乗り出してくる。

「ねえこまちゃん、まだまだ忙しい？」

「い、いえ、そろそろ終わりにしようかって話してたところですけど」

「よかったあ！　すごく図々しいんだけどお使いを頼んでもいいかな」

勢いに押されるように頷くと、財布を取り出しながらお使いの内容を明かされた。

「ヒロ先生に屋台のものを買って行ってくれない？　晩ごはん用に屋台メシを買ってきてって頼まれてたんだけど、急用ができちゃって」

予想外の頼みに戸惑うものの、困っているのなら断るわけにもいかない。

「えっと……屋台の食べ物なら何でもいいんですか？」

「うん、夕飯代わりだから主食が二つか三つに飲み物とデザートがあるといいと思うの。本当にお願いしていい？」

「はい」

「ありがとう、助かります！」

拝まんばかりの勢いで礼を言った早苗から「ヒロ先生の食事代」として二千円を預かった。まさかの二千円札、守礼門だ。

レジを手伝っていてもなぜかめったにお目にかからないレア紙幣に目を奪われていると、「足りなかったら本人に請求してね。余ったらお駄賃にしていいんだって」と早口で追加情報をくれた早苗が「ではよろしく～！」と急ぎ足で去ってしまった。

思いがけないなりゆきで早苗から啓頼の晩ごはんの調達を頼まれたけれど、なんとも言えない気持ちになる。屋台での買い出しを早苗に頼む啓頼と、それを当然のように引き受けたらしい彼女の距離感が気になってしまって。

「……さなえ先生とヒロ先生って……」

言いかけて、どう続けたらいいのかわからなくなって己牧は口を閉じた。けれども宙に浮いた言葉を祖父が拾う。

「仲いいらしいねえ。春野どうぶつ病院の人たちはみんな仲よしだけど、あの二人は年が近いし見た目もいいせいか、憶測好きな人たちの間でちょっと噂になってるみたいだよ」

「噂って、どんな……?」

「春野先生が引退した後はヒロ先生がクリニックを継ぐとか、さなえ先生と結婚する条件がクリニックを継ぐことだったから大学病院を辞めてはるばるこの街にきたとか、挙式は年が明けてすぐらしいとか、まことしやかに話してくれるお客さんがいてねえ」

苦笑混じりに教えてくれる祖父は普段から「噂には尾びれも背びれも胸びれもつくからねえ」と言っている人だけあって信じていないようだけれど、大学病院を辞めたという点については己牧は啓頼本人から聞いているし、春野先生が最近クリニックに顔を出す回数が減っているのも事実だ。

たかが噂。だけど、やけにリアリティがあって重苦しい靄が胸の中いっぱいに立ちこめた。

(……こんな気持ちになるの、おかしいのに)

靄を吐き出すように大きく呼吸して、己牧は頬を軽く両手でたたく。

たとえ噂が本当だとしてもおめでたい話のはず。明るく気取らない早苗のことは己牧も好きだし、男前な見た目によらずスイーツ好きでやさしい啓頼のことも年上の友人としてすごく好きだ。早苗と啓頼は見た目もすごくお似合いだし、春野どうぶつ病院がこれからも安泰なのはペットを飼うみんなにとって喜ばしいことのはず。「はず」が付いてしまう理由についてはあえて考えないようにして、己牧は自分にそう言い聞かせる。

ともあれ、任されたからには啓頼の晩ごはんの買い出しに行かなくては。まずはスイーツ好きの啓頼のために『もりはら』の夏祭り限定ロールスティックを用意。

彼に食べさせるスイーツは自分で作りたくて、己牧は祖父に許可を得て鉄板の前へ。生地もクリームも準備してあるものを使いつつ、柑橘系を好む啓頼のために自家製マーマレードでアレンジを加える。

プレーンで焼いた生地にはマーマレードを塗ってからマスカルポーネチーズクリームを巻き、チョコレート生地にはマーマレードを混ぜ込んだチョコレートクリームを巻く。あっという間に出来あがり。

おや、というように祖父が眉を軽く上げたけれど、気付くことなく己牧はそれらをペーパーでくるんで保冷バッグに入れた。たすきをはずして浴衣のしわを伸ばし、テントから出る。

「いってきます」

「うん、いってらっしゃい。柑橘系の好きなお友達によろしくね」

はっと振り返ると、「当たったようだね」と含み笑いした祖父に手を振られた。……以前言っていた「心の中の基準になる友達」が、クラスメイトじゃなく啓頼だと察して鎌をかけたらしい。まんまと引っかかってしまった。

べつに隠すようなことじゃないし、なんとなく照れくさいだけだからいいんだけど。

屋台の多い通りに向かうと、そろそろ花火が始まるという期待が空気いっぱいに満ちていて、花火がよく見える大きな公園の周辺は特ににぎやかだった。

焼きそばやたこ焼きなどの粉もの、唐揚げやポテトなどの揚げもの、フランクフルトや牛串などの焼きもの。そういえば自分も夕飯がまだだったことを思い出すと、屋台での買い物に俄然やる気が出た。

啓頼と自分の夕飯になりそうなものをあれこれと手に入れ、人混みをかき分けるようにして雑踏から抜け出す。大きく息をついてから、己牧は春野どうぶつ病院に向かって駆け出した。慣れない浴衣は裾さばきが難しくて下駄も走りにくいけど、せっかくの出来たてなのに冷めたらもったいない。

足がじんじんと熱をもってきたけれど気にせずに走り続けて、いつもの半分くらいの時間で目的地に到着した。クリニックのドアの前ですっかり上がってしまった息を整え、汗ばんだ額や首筋をハンカチで拭う。浴衣や髪の乱れも自分なりにできるだけ直した。

深呼吸をしてから、鍵のかかっていないドアを開けた。

「こんばんはー」

診療時間外であることを示すためか半分明かりが落としてある待合室にドキドキしながら入っていくと、「はーい」と奥の方から低い返事があって大きな人影が現れた。

「急患ですか……って、こまちゃん？」

眼鏡の奥の瞳を見開いた啓頼に、こくんと頷いて己牧は屋台の戦利品が入ったビニール袋を掲げる。

「さなえ先生に急用ができたってことなので、代わりに屋台の品をお届けにあがりました」

「そうなんだ？　うわー、ありがとう」

にっこりした啓頼がこっちに向かいかけて、途中で足を止めた。しげしげと見つめてくる。

「……浴衣だ」

「えっと、はい……浴衣です」

間の抜けた返事をしたのに、啓頼は笑ったりしないで真顔で頭からつま先まで眺めてきた。緊張して落ち着かない気分になってきたところで、彼が本気っぽい声で言う。

「似合ってるね。すごい可愛い」

ぴょんと心臓が跳ねた。照れくささにおろおろと目が泳いでしまうと、気付いた啓頼が慌てた様子でフォローを入れる。

「ごめん、前にこまちゃんが可愛いって言われても平気って言ってたから、つい正直に……！

高三の男の子に可愛いはやっぱりいやだったよね？」

「い、いえ……っ」

正直な気持ちで「可愛い」と言ってもらったのだと思うとますます照れくさい。顔が熱くなるのを振り切るようにかぶりを振る。

ヒロ先生はただ「可愛い」をさらっと言える人なんだ、深い意味はないんだ、と自分に言い聞かせたくて、己牧は脳裏によぎった人の名をとっさに口にした。

「さなえ先生も綺麗でしたね」

「ん、ああ、そういえば浴衣綺麗だったね」

「浴衣が綺麗」とも「浴衣姿が綺麗」とも取れる返事をさらりとした啓頼が続けて言う。

「ピンクと水色のどっちがいいか相談されたから俺は水色を推したんだけど、水色でよかったと思わない？」

（……あの浴衣、ヒロ先生の見立てなんだ）

ふわふわと勝手に飛び立ってしまいそうになっていた胸の中の何かが、へしょんと潰（つぶ）れて落ちた。それでもなんとか笑顔をつくって「素敵でした」と己牧は彼に同意する。

綺麗な水色の、品のいい浴衣。啓頼に相談して彼が勧めた方を着るなんて、そしてそれを啓頼が褒めるなんて、なんだかとても――思わせぶりで、親しい感じがする。

どうしよう、なんだか胸の中がじりじりする。心の中に嫌な靄が広がっていくみたいで、このままここにいるのが苦しい。早く帰りたい。

浴衣美人に頼まれた『代理の仕事』を終わらせるべく、己牧は屋台のビニール袋を差し出した。

「これ、冷める前にどうぞ」

「ありがとう。何を買ってきてくれたの？」

「えっと、それはメインの焼きそばとたこ焼きです。こっちの袋が焼きもろこしで……」

「これもたこ焼きっぽいけど？」

「あ、それは僕のぶんです」

「こまちゃんも夕飯まだなんだ？　じゃあ一緒に食べない？」

「え、と……」

いつもなら即答で「はい」と答える誘いなのに、水色の浴衣姿の早苗の姿が浮かんできてどうしても頷けなかった。

返事に窮していたら、診察室に続くドアが開いて丸眼鏡に口髭（くちひげ）の老紳士がひょこりと顔を出した。春野先生だ。己牧に気付くとやさしげな細い目をさらに細める。

「やあこまちゃん、こんばんは。その袋はヒロ先生に差し入れかな？」

「はい、さなえ先生に頼まれまして」

屋台のビニール袋と保冷バッグを示しての問いに頷くと、「それはちょうどよかった」と年齢を感じさせない軽やかな足取りで待合室の己牧たちのところへやってきた。

「ヒロ先生にそろそろ帰るように勧めにきたんだけど、屋台のご馳走があるなら帰る前に屋上で食べていったらいいよ。うちの屋上、実は花火を見る穴場なんだよ。周りに気兼ねすることなく花火を見ながら屋台のものを味わえるなんて最高じゃないかい？」

「それは最高ですが……」

気がかりそうに入院室の方を見やる啓頼に、春野先生が請け合った。

「大丈夫だよ、ヒロ先生が気にしている子は私と妻で見ておくから。それとも何かい、こんな老いぼれ医者じゃ不安だとでも？」

「いえ、めっそうもないです……！」

いたずらっぽく白い眉を上げて挑発する老先生に啓頼が慌てて返す。己牧から見たら落ち着いた大人の啓頼がからかわれている姿は意外で、ちょっと可愛い。

なんて思っていたら、丸眼鏡ごしの柔和な視線がこっちを向いた。

「こまちゃんも見てお行きよ」

「え」

「花火、もう始まっているよ。特等席で見たくないかい？　ヒロ先生も食事どきにツレがいた方がいいでしょう」

「そうですね」

期待しているような眼差しを向けられたら断れなかった。啓頼と二人でクリニックの屋上に向かう。

カランコロンと下駄の音を響かせながら先に立って階段を上っていると、「あれ……？」と背後で呟く声がした。振り返ると、己牧の足許をじっと見ていた啓頼が顔を上げる。

「ごめん、忘れ物したから先に行ってて」

頷くなり、彼は診察室へと引き返す。気にしていた仔猫のことかな……と思いつつ己牧は言われた通りに先に屋上に向かった。

屋上に出ると夏の夜らしいぬるい空気に迎えられた。夜空がいつもより近い。

春野先生が言っていた通りに花火大会はもう始まっていて、ぱあっと夜空に大きな光の花が咲いては、どおん、と遅れて音がくる。周りに視界を遮るものがないから本当に花火鑑賞に最適な穴場だ。

三階建ての春野どうぶつ病院の屋上は学校の屋上によくある平たいタイプで、一画には休憩用のベンチがしつらえられている。ゆっくりとベンチコーナーに向かっていたら啓頼が追いついてきた。その手には「忘れ物」と思しき銀色の長方形の箱。……似たものを保健室で見たことがある気がする。

まさかと思っていたら、そのまさかだった。己牧をベンチに座らせた啓頼が足許に膝をつく。

「足、見せてくれる？」

箱を開けた彼からやさしくも断固とした口調で指示を出されて、己牧は慣れない下駄を履いている足の状態がとっくにバレているのだろうなと観念した。鼻緒によって、靴ずれならぬ下駄ずれをしてしまったのだ。

小さなライトを持たせて照らしておくように指示した啓頼が、そうっと下駄を脱がせてから自分の膝の上に己牧の足を載せる。申し訳ないのに手当てのためと言われたら逃げられない。

丁寧でやさしい治療ながらも、皮がむけた足の指の間に消毒液をかけられると沁みて体がびくっとした。大きな手がもっとやさしくなる。

「下駄で走るなんて無茶したねえ」

「温かい方が、ヒロ先生が食べるときに美味しいと思ったので……」

痛みに潤んだ瞳で答えると啓頼の手が止まった。己牧を見上げた彼は、どことなく困っているような、それでいてひどくあたたかな、なんとも言えない複雑な表情。

「……ありがとう、こまちゃん」

「い、いえ」

どこか甘く見えるような眼差しに鼓動が速くなって、見ていられずに顔をうつむけた。ドキドキしながら早く治療が終わることを願う。このままだと鼓動に合わせて体が震えてしまいそうな気がして。

夜空には一定の間隔をおいて花火が打ち上げられ、同じ数だけ重い音が後追いで響いている。

ひときわ大きな花火が空に咲いて、体に響く音がドキドキごと飲みこんだ。

「いまの、すごかったですね……！」

「うん。ここが特等席って本当だったねえ」

パラパラパラと雨が降るような音を立てて花火が散ってゆくのを見ているうちに、治療は終了。ほっとする一方で、触れあっていた部分が離れるとなんだか少し寂しくなる。

隣に腰かけた彼が、「ちょうどいいのが入っていたから」と治療用の箱から除菌シートを出して己牧にもくれて、それからいそいそと屋台のビニール袋からパックを取り出した。

「こまちゃん、どっち食べる？」

「僕のはたこ焼きです。ちなみにヒロ先生のぶんもありますよ。主食用を二つか三つって言われたので」

答えると彼は己牧にたこ焼きを渡し、自分はもう片方の焼きそばを取る。

二人で「いただきます」を言ってから、己牧はたこ焼きをひとつ口に運んだ。よかった、まだ温かい。これなら啓頼のも温かいはず。

「屋台の焼きそばってなんか美味しいよねえ」

「あー、わかります。ちょっと油っぽいんですけど、それもいいっていうか」

「食べる？」

はい、と何気なくパックと割り箸を渡されて、軽く心臓が跳ねた。どぎまぎしそうなのを意志の力でなんとか落ち着かせ、己牧は自分のたこ焼きパックを差し出す。

「じゃあヒロ先生はこっちをどうぞ」

「え、でも俺のぶんのたこ焼きも買ってきてくれてるんでしょう？」

「それはそれです」

「ええー」

笑う彼に「僕が焼きそばをもらったぶん、ヒロ先生の食べる量が減っちゃうのが気になりますから」と重ねて訴えると、「律儀（りちぎ）だねえ」と瞳をやわらげて啓頼がたこ焼きを受け取った。

同じお箸だ、なんて意識するのはなんだか間違っている気がして平気な顔をキープするものの、こうばしくソースの絡んだキャベツと麺を口に入れるときに鼓動がちょっと速くなった。

（もう……なに気にしてるんだか）

クラスメイトとペットボトルの回し飲みだってするというのに、啓頼だけ特別に感じるなんておかしい。

普通のことだし、なんてことないし、と内心で唱えている時点で意識しまくりだけれど、気付かないふりで焼きそばをひとくち。

たこ焼き同様にこっちもまだちゃんと温かくて、ほっとした。

「このたこ焼き美味いねえ」

たこ焼きをひとつ口にした啓頼の目を丸くしての感想に、己牧はにっこりする。

「ですよね！　うちの家族のお気に入りの店のなんです」

「毎年来てる屋台ってこと？」

「はい。ていうか、普段から噴水のある公園の近くで営業してるんですよ」

「ああ、あれかぁ！　うーん、まさかあの外観でここまで美味いたこ焼きを出しているとは……」

地元民の間では有名な美味しいたこ焼き屋さんは一見掘っ立て小屋みたいな怪しい店構えで、普段は己牧たちが夜の散歩に行く公園とは反対側にある大きな公園の近くで営業している。啓頼もインパクトのある外観で覚えていたらしい。

再びたこ焼きと焼きそばを交換して、花火と屋台メシを楽しんだ。

「こうやって花火見ながらソース系食べてると、ビールが飲みたくなるよねえ」

焼きそばからたこ焼きに突入した啓頼の呟きに、己牧は申し訳なさに身を縮める。

「すみません、気がつかなくて」

「いやいや、そういう意味じゃないから！　ていうかここ、一応職場だしね」

焦ったように啓頼がフォローを入れてくれても反省するばかりだ。自分がアルコールを飲まないせいで「夏祭りらしい」というイメージでうっかりラムネなんか買ってきてしまった。

「あの、発泡はしてますんで……」

「十分十分。ていうかノンアルコールの方がいいから、ね？」

おずおずと差し出したラムネを受け取った啓頼が、「どうせなら乾杯しようよ」と誘いをかける。

「これ、ビールじゃなくてラムネですよ？」

「うん、でもすごく気分がいいから」

にっこりしてラムネを掲げられたら断れない。水滴のついた淡いブルーのボトルを軽くぶつけて乾杯して、口を封じているビー玉を「せえの」で同時に押し込んだ。

走って移動したせいでしっかりシェイクされていたらしく、ぶわーっと白い泡が溢れだした。慌てて飲み口に口をつける。隣も同じような惨状だ。一気に半分近くまで飲んで、ようやく落ち着いたところで目を見合わせて噴き出した。

ラムネの乾杯とその後のバタバタでちょっぴり落ち込んでいた気分がいつの間にか上がっていて、胸の中までぱちぱちと甘さがはじけているような感じがする。ラムネは少しぬるくなっていたのに、なぜかいつもより美味しかった。

次々と夜空に咲く花火を互いに多くを語らずに堪能していると、背後でドアが開く音がして軽やかなソプラノが響いた。

「よかったー、花火、間に合ったー！」

早苗だ。きゅっと胸の奥が縮まったような気分で振り返ると、彼女の背後には見慣れない長身の男性がいる。暗くてよく見えないけれど、深めに帽子をかぶって眼鏡をかけている彼の顔立ちが整っているのはわかった。

あれ、ヒロ先生に似ているな……と思ったら、隣の男前がぎょっとしたように身を起こした。

「兄貴!?」

「よ、ヒロ。びっくりした？　サプラーイズ」

歌うように返した男性が己牧に気付いて「おっと、デート中だった？」とありえないことを言う。早苗が「違うわよ、ヒデさんが急に来たからヒロの晩ごはんを頼んだの。可愛いけど男の子だから！」と苦笑混じりに説明して、彼を連れてベンチの方にやってきた。

「どうも、啓頼の兄のヒデさんこと、英頼（ひでより）です」

己牧に向かってにっこりと敬礼の真似をしたヒデさんは、少し色を明るくした長めの髪、いかにも人好きのするこなれた感じが啓頼以上にイケメン俳優の早坂アキラに似ている。とはいえ兄弟だからか、身長を含めたスタイルのよさや顔立ちのバランスが啓頼にそっくりだ。

「双子……じゃないですよね？」

「違う違う、よく似てるって言われるけど俺のが四つ上。ヒロが落ち着きすぎてるんだよねえ」

「兄貴が軽いんだろ」

ぼそりと反論した啓頼は、さっきまでゆったりと満足げな様子だったのに表情がどことなく硬くなっている。

戸惑うものの、ベンチの横にきたヒデさんに「ちょっと詰めてもらっていい？」と遠慮なく押されてそれどころじゃなくなった。体の側面が啓頼にぴったり密着してどぎまぎしてしまう。

「すみません……」と顔が熱くなるのを感じながら見上げたら、ヒデさんの方に不機嫌な視線を向けている啓頼を目撃して思わず固まった。こんな表情、初めて見る。

己牧の視線に気付いた彼がはっとして、すぐにいつもの表情に切り替えた。ベンチのさらに端へと寄って己牧を気遣う。

「こまちゃん大丈夫？　きつくない？」

「は、はい」

頷きながらも戸惑いは消えない。啓頼が珍しく不穏な表情になった理由を考えてしまう。……ひとつしか思いつけないけど。

いまのベンチの座り順は、啓頼、己牧、ヒデさん、早苗となっている。体格のいい男二人に挟まれた己牧が若干窮屈なのはさておき、わざとじゃないにしろヒデさんは啓頼からいちばん離れた場所に早苗を座らせ、しかも「ベンチぎりぎりだね。さっちゃんは俺の膝に座ってもいいよ」なんて冗談をとばして「バカねえ」と早苗に苦笑されている。

啓頼に「軽い」と評されたヒデさんは、やたらとノリがよくて早苗になれなれしいのだ。

（……えっと……、これって……）

嫉妬、ってやつじゃないだろうか。

そう思ったとたん、じり、と胸の奥が焦げた。

でも自分が「さなえ先生と親しげな兄を見て嫉妬するヒロ先生」を見てこんな気持ちになる理

由なんてない。むしろ、あったらいけない。

おかしな感覚をなんとか抑え込もうとしていると、「あ、そうそう」と早苗が手にしていたコンビニの袋を探った。

「ヒロ、いいもの持ってきてあげたよ」

「いいもの？」

「じゃーん！」

口での効果音と共に掲げられたのは缶ビールだ。よく冷えているらしく表面に涼しげな水滴を結んでいる。

はっと息を呑んだ己牧の隣で、のんびりした口調で啓頼は断った。

「せっかくだけど遠慮しとく。一応まだ職場だし」

ちっちっちっち、と早苗が人差し指を振る。

「ヒロならそう言うと思ったからノンアルコールでーす。発泡酒なの」

「……っ」

負けた、と思った。完敗だ。大人は自分みたいに甘ったるくて子どもっぽいラムネなんか買ってこないのだ。なんだかものすごくいたたまれなくて、啓頼の返事を聞かなくていいように己牧は立ち上がった。

「あの……っ、僕、そろそろ帰ります」

啓頼が驚いた顔になるけれど、このまま大人たちの間で場違いな思いをし続けるのは耐えられない。

「や、屋台を見に行ったりもしたいので……っ」

とっさに出てきたのは適当な言い訳。けれども疑問は抱かれなかったようだ。ヒデさんが手を伸ばして己牧から空になったラムネのボトルを受け取る。

「そうだよね。ありがとう、うちの弟にメシ買ってきてくれて。ゴミはこっちで捨てとくね」

「あ、ありがとうございます……」

にこりと笑う表情はどことなく華やかな印象だけれど、本当に啓頼によく似ている。感心しながら整った顔を見つめてしまうと、正面から見つめ返したヒデさんが軽く首をかしげた。

「きみ、よく見たらすごい可愛いね。アイドルにいてもおかしくない感じ」

「は……？」

ぽかんと固まったのと同時に、勢いよく啓頼が立ち上がった。

「こまちゃん、帰るんだよね。送るよ」

「あっ、は、はい……！」

うっかり返事をしたものの、せっかく皆で花火を見ているのに抜けてもらうのは申し訳ない。発泡酒でも気遣いが足りなかった己牧はこれ以上差をつけられたくなくて遠慮した。

「一人で帰れますから、ヒロ先生はみなさんと……」

「送るよ。屋台のお礼もしたいし」

いつになくきっぱりした口調にそれ以上の遠慮ができなくなる。

自分のせいで啓頼を早苗たちから引き離してしまった。しょんぼりした気分で己牧は春野どうぶつ病院をあとにする。

うつむいている視線の先には啓頼が丁寧に治療してくれた足、下駄の鼻緒にこすれないようにしっかりガードしてくれている包帯。

下駄ずれしても、途中まではすごく楽しい夜だったのに。

(なんだかなぁ……)

こんなのを見てセンチメンタルになってどうするのか。知らずため息が零れると、頭上から気遣う声が降ってきた。

「足、痛い？」

「いえ……！」

心配させてしまった、と慌てて顔を上げると、予想以上に沈んだ表情。目を瞬く己牧から彼がふいと視線を外す。

「……ごめんね」

「な、何がですか」

突然の謝罪に戸惑うと、少し逡巡(しゅんじゅん)するような間があってから低い声が返る。

「こまちゃん、兄貴ともう少し話したかったんじゃない？」

「え……？」

「兄貴の方が、俺より似てるでしょう」

誰に、ときょとんとしてしまったものの、街灯の下、愁いを帯びた端整な顔立ちを見上げるアングルに記憶を刺激されて答えがわかった。俳優の早坂アキラのことだ。

たしかに普段の早坂アキラはヒデさんにそっくりというか、暗がりで見た感じだと「実はちょっと変装したアキラがヒデさんでした」と言われても素直に納得できるレベルだった。でも、あれが本物のアキラだったとしてももっと話したいなんて思っていない。

己牧が話したいのは、一緒にいたいのは、憧れの俳優でも彼によく似た人でもない。啓頼だ。それをわかってもらっていないことにもどかしいような気持ちが生まれる。

「あの……っ、僕、べつに早坂アキラさんのファンだからヒロ先生といたいわけじゃないですから！　ヒロ先生といるのが楽しいから、仲よくなれたのがうれしいんです……！」

もっと上手に言えたらいいのだけれど、気持ちに言葉が追いつかなくてこれがせいいっぱいだった。それでも己牧の表情や口調で本心なのが伝わったのか、眼鏡の奥の瞳を少し見開いた彼の表情が、ゆっくりとやわらかな笑みにとけてゆく。

「ん……、そっか。俺もこまちゃんといると楽しいし、仲よくなれてすごくうれしいよ」

「……ありがとうございます」

「こちらこそ。……なんか照れるね」

同意の頷きを己牧も返して、互いに照れ笑いして目線をそらして歩きだす。

大通りに近づくにつれて人が増え、屋台の明かりや街灯の間に張られた提灯で明るくなってきた。花火もフィナーレが近づいているのか一斉に打ち上げられていて、夜空がカラフルな魔法にかけられたように輝いている。一方で帰りの混雑を避けたいらしい人々が駅に向かって歩きだしていて、己牧たちは逆流中だ。

背の高い啓頼を見失うことはないものの、小柄な己牧は人波に流されそうになる。何度も心配そうにこっちに目をやっていた啓頼が、あきらめたような苦笑を見せて片手を差し出した。

「手、つなごうか」

「……はぐれそうですもんね」

自分に言い訳するように口に出して、ドキドキしながら己牧も手を差し出す。すっぽりと包みこむような大きな手は乾いていて温かく、緊張で湿っている自分の手を自覚して思わず己牧は引き抜こうとした。なのに、しっかりと握られて取り返せない。

「こまちゃん、はぐれちゃうよ」

「でもいま、手汗がすごくて……っ」

「暑いもんねえ」

さらりとそれですませた啓頼は、己牧の手汗なんかまったく気にならない様子でゆったりした足取りで歩いてゆく。互いの手の熱がこもったせいか啓頼の手も湿度が上がった気がするけれど、そんなのなんの慰めにもならない。

（僕ばっかりこんなで、恥ずかしい……）

手をつないでいる緊張と恥ずかしさで息さえうまくできないような気がする。吸って、吐いて、と内心で唱えつつ意識を周りに散らす。

たこ焼き、わたあめ、ベビーカステラ、かき氷、金魚すくい、射的、イカ焼き、牛串、ヨーヨー釣り、焼きトウモロコシ、スーパーボールすくい、お面、くじ引き、冷やしパイナップル――。通りの両サイドに並ぶ屋台の照明は鮮やかで、万華鏡のようなきらめきをもって視界いっぱいに流れ込む。たくさんの人たち、たくさんの屋台。

夏祭りに酔ったみたいに下駄の足許がふわふわする。なのに妙に安心なのは、落ち着いた足取りで隣を歩いている人がいるからだ。

「……ヒロ先生」

「ん？」

勝手に胸から零れたような呼びかけは小さなものだったのに、ちゃんと届いたらしく啓頼がやわらかな眼差しを向けてきた。きゅうっと胸が苦しくなってすぐには何も言えずにいると、心配そうに少し眉を曇らせた彼が歩みをさらにゆっくりにする。

「もしかして足が痛い？　どこかで休む？」

「いえ……っ、大丈夫です」

気遣いに慌ててかぶりを振る。ただ呼びかけてしまったのをごまかすべく、思いつきで提案した。

「り、りんごあめ、食べませんか」

「いいね」

甘いものは正解だったらしく、彼がにっこりして頷いた。

屋台の出前のお礼ということでおごってもらって、つややかなりんごあめを手にした己牧は再び啓頼と手をつなぐ。

歩きだしながら己牧を眺めた彼が、しみじみと呟いた。

「こまちゃんってりんごあめが似合うねえ」

「……子どもっぽいって言いたいです？」

「違う違う、すごくか……」

言いかけて止めた彼が、ちょっぴりばつが悪そうな顔でお伺いを立てた。

「言っていい？」

「いまさらです」

笑って頷くと、「すごく可愛い」と改めて褒められた。面と向かってそういうことを男の子の自分に言える時点で深い意味なんてないのだろうけれど、何度言われても照れくささを大きく上回ってうれしい。

いつもより速い鼓動を意識しながら、つやつやと甘くコーティングされた真っ赤な姫りんごをかじる。かじりながら人の波を二人でゆっくりと泳いでゆく。ざわめきの中でしっかりとつながっている安心感。

つないだ手のひらがじんじんする。

頬が熱い。

足もとがふわふわして、胸がいっぱいだ。

いっぱいすぎて苦しい。

(ああ……もう駄目だ)

ふいに、己牧は悟る。

ずっと認めないようにしてきたけれど、意味のないことだった。

これ以上自分をごまかせない。

認めてしまおう。

(……僕は、ヒロ先生が好きなんだ)

自分が同性を好きになる日がくるなんて想像したこともなかったけれど、彼への気持ちは紛れもなく恋心だ。それも、これまで誰にも感じたことがないくらいに深くて強い恋慕。

生まれて初めて同性を好きになってしまったけれど、この想いは一生己牧だけの秘密だ。

誰にも言わない。言えるわけがない。

いくら母親譲りの顔立ちで中性的に見えても、自分は男の子だ。「可愛い」という褒め言葉を口にするときに気を遣うくらいだから、啓頼もちゃんとそう認識している。これまで普通に彼女がいた人が――ごく当たり前に女性を好きな男性が、男の子である自分を恋愛対象にしてくれるはずがない。

啓頼はやさしいし、おおらかなものの見方をする人らしいのはこれまでにわかっている。

だから己牧が男の子のくせに彼を好きだと知っても、嫌悪したり非難したりはしないだろう。

ただ、きっと困った顔はする。せっかくここまで仲よくなれたのに、己牧の扱いに困った彼が距離を置くようになったら――疎遠になってしまったら嫌だと思う。

だからこの恋は、誰にも明かさない。

ひっそりと胸の中だけで想うだけなら……この想いを知るのが己牧だけなら、それは己牧以外の誰にとっても存在しないはずの恋だ。

ちらりと啓頼を横目で見上げる。

屋台の鮮やかな明かりを受けて輪郭の際立つ端整な横顔、しっかりした頼もしい体軀、己牧の歩みにあわせてくれる落ち着いた歩調。

ああ、好きだなあと思う。

こうして一緒にいられるのがうれしくて、しあわせで、ちょっとだけ苦しい。

胸の中を満たすのは甘いのに重たい、不思議なぐるぐるした感情。

口に出しようもないその気持ちが零れるようにつないだ手をきゅっと一瞬だけ少し強く握ったら、少し驚いた顔をした啓頼が小さく笑って、同じようにきゅっと握り返してくれた。

それだけで、息が止まる。心臓まで握られてしまったように甘く痛む。

啓頼の瞳は楽しげなきらめきを湛えていて、きっと他愛もないいたずらなコミュニケーションだと思っているのだろう。

だけど己牧の心臓は、手と一緒に彼に握られてしまった。

どうしようもなく胸が苦しい。好きがいっぱいすぎて苦しい。

こういうとき、どうしたらいいんだろう。言えない気持ちをどうやったら減らせるんだろう。

りんごあめのように顔が赤くなっている気がしてうつむき、こっそり深呼吸をした。

(落ち着いて……普通の顔で……)

唱えているうちに、屋台の多い通りを抜けた。地上のカラフルな明かりが減って夜が濃くなり、人通りも減ってくる。

「あ」

低い声につられて顔を上げると、空には遠く丸い月。

花火の派手でわくわくする特別感もいいけれど、しっとりと落ち着いているいつものお月さまを見るとなんだかほっとする。祭りの終わりのざわめきには、静かでやさしい光がよく似合う。

見とれていると、こっちを見た彼がゆったりとやわらかく笑った。

「綺麗だねえ」

「本当に、綺麗ですね」

からん、ころん、と歩きながら二人で月を見上げる。

もうはぐれる心配はないものの、手はつないだままだ。啓頼はつないでいること自体を忘れているのかもしれない。

手のことを言った方がいいのかな、と思いながらも己牧は胸をときめかせて黙っている。あとちょっとだけ、もう少しだけ。

「……そういえば」

囁くような低い声に目を向けると、月を見上げたままで彼が言う。

「月が綺麗っていうと、夏目漱石の有名なエピソードがあったね」

「あ……知ってます、それ」

生徒が「アイラブユー」を「愛しています」と訳したとき、漱石は当時の日本人の感性に照らして『月が綺麗ですね』とでも訳しておきなさい」と言ったというエピソードだ。近年ドラマや小説などでたびたび引用されているから、己牧も知っている。

「さっきの、当時だったら告白だったね」

ぴょんと心臓が跳ねたけれど、きっと冗談だろうから何気なさを装って己牧は笑う。

「僕が女の子だったら、見事な両想いでしたね」

啓頼は何も言わなかった。少しこっちを見て、淡く笑んだだけ。

ふいに、つないでいる手をきゅっと一瞬だけ軽く握られた。さっきの己牧のいたずらなコミュニケーションを彼からしかけてきたのだ。

驚いたものの、つないでいるのを忘れてたわけじゃなかったんだ、とうれしくなって、ドキドキしながら己牧もきゅっと軽く握り返す。

その後は、互いに相手が油断したころを見計らって、きゅっと手を握っては無言の返事をする他愛のない遊びを繰り返しながら家路をたどった。

想いをこめても、声にしなければ伝わらない。それはもどかしいけれど、ありがたくもある。伝わらないからこそ彼の手を握っていられる。年下の友達として近い場所にいられる。

握るたびに返してくれる、自分のものにはならないやさしい手。

からん、ころん、と下駄が鳴る。

りんごあめは甘くて、果肉がほんの少しすっぱい。

月がとても綺麗だった。

【5】

夏休みが終わって二学期になった。残暑は続いているけれど、朝晩の涼しさが深まる秋を感じさせる。

この時期の進路希望調査票の第一希望は、だいたいそのまま最終志望になる。己牧の通う高校は専門学校を含めて進学する人が八割、就職する人が二割で、己牧は前者だ。

第一志望は兄も通っていた二年制の製菓専門学校。

春に進路希望調査票をもらったときには迷っていたけれど、もう全然迷いがない。

(ヒロ先生のおかげだ)

そう言ったら啓頼はきっと「俺は何もしてないよ」と笑うだろう。でも、実際に彼のおかげで迷いが晴れたのだ。彼といろいろ話したことで自分の気持ちを見つめ直せた。

進みたい方向が見えただけじゃなく、自作のケーキが喜ばれる幸せを知ったし、自信もつけてもらった。啓頼に喜んでもらえるだけでもうれしかったのに、己牧の考えたケーキは『もりはら』にも並んだ。「美味しかった」と言ってまた買いに来てくれる人がいた。

それがどんなにうれしくて、誇らしくて、幸せなことかというのは、体験して初めてわかったことだ。

進路の悩みはクリアしたものの、恋はまた別問題。

啓頼への恋心を自覚してからも己牧の日々は特に変わっていない。以前と変わらずにシロさんと夜の公園に散歩に行き、好きな人と会い、試作や練習を兼ねた『むしやしない』の差し入れをしている。

二人の関係は何も変わらないし、変えるつもりもない。

己牧の作ったスイーツを啓頼がうれしそうに味わい、幸せそうな彼の姿に己牧も自信と幸せをもらう。それだけでいい。一緒にいるだけでドキドキして、他愛もないことで笑いあえるのが苦しいくらいに幸せだから。

いまの関係が大切だからこそ、絶対に壊したくない。

恋心に気付かれることがないように、己牧は言動にかなり気をつけるようになった。

どうしようもなくドキドキしてしまう男前に整った顔をうっかり見つめたりしないように、彼に褒めてもらってもやたらと喜びすぎないように、何かの拍子で手や肩が触れたときや「可愛い」を何気なくもらったときにも挙動不審にならないように。……全力での努力の成果が十分かどうかは、我ながらあやしいけど。

(だってヒロ先生、誤解したくなるようなことするし……)

今夜の差し入れ、小型のマロンパイをさくりと大きなひとくちで半分以上かじる姿を横目に見て己牧は内心でため息をつく。

他意はないにしろ、ふと彼の方を見たらこっちをすごくやさしい——甘いといってもいいかもしれないくらいの眼差しで見ていたり、何気なく距離が近かったり、ほかにもちょっとした仕草や言葉や雰囲気で啓頼は己牧をどぎまぎさせる。たぶん、自分が女の子だったら脈ありだと思い込んでいたかもしれない。

（でも、そんなわけないよね）

以前聞いた話の感じからして彼は普通に女の子と付き合っていた。もしかしたらいまも誰か好きな人が——同僚の美人ドクターとか——いるかもしれない。いずれにしろ、男の子である自分は恋愛対象外だ。

自覚しても叶わないのがわかっている恋。だからこそ、己牧も啓頼を特別な意味で好きだと認められるようになるまで何カ月もかかったのだ。出会った瞬間から強く惹かれていたのに、失恋しなくてすむようにただの友達だと自分に言い聞かせていた。

（無駄な抵抗だったけど……）

いまにしてそう思う。だけど、自覚する前の方が「自分の言動に気をつけないと」とか「誤解しないようにしないと」なんて気を張っていなかったぶんだけ楽だったかも。

内心でついたつもりのため息が思わずリアルで零れると、マロンパイの残りを口に入れたばかりの啓頼が心配顔になった。気付いた己牧は急いで言い訳する。

「今回の栗のフィリング、『もりはら』でいままで出していたレシピに勝手なアレンジを加えてみたんですけど、大丈夫かなって気になって……」

ため息の本当の理由ではないけれど、嘘でもない。啓頼はゆっくり味わって、嚥下してからにっこりした。

「大丈夫どころかすごく美味しいよ。中の栗のつめものがしっとりしてて、甘さに奥行きがあるのにくどくなくて、これが売りものだったらリピート確実」

「よかった、狙い通りです。実は白あんを混ぜてみたんです」

「白あん？　つまりあんこ？」

「はい。ヒロ先生に好評なら来月の新作で採用してもらえるかも」

スイーツ好きの啓頼はさすがの感性で、彼に「リピート確実」の評価をもらったらほぼそのまま『もりはら』の「今月のケーキ」に選抜される。うれしくてにっこりすると、なぜか啓頼がじっと見つめてきた。

何か言いたげな視線に緊張してきた己牧が自分から口を開こうとしたところで、「きゃんっ」と慌てたような声が響いた。

見ると、いつもはおとなしく座っているシロさんがイヤイヤをするように鼻先を地面に付けて回っている。

「ど、どうしたのシロさん？」

めったに吠えたり暴れたりしない愛犬だけに焦っておろおろする己牧の横で、さっと啓頼が動いてシロさんをなだめた。

「コオロギが背中に飛んできたみたいだよ」

原因を視診で見つけた彼がふさふさの首の後ろにくっついていた黒っぽい虫を捕まえる。

「大丈夫だよ、シロさん。びっくりしたんだねえ」

コオロギを逃がした啓頼が三角の耳の付け根の辺りを撫でて慰めると、シロさんは「ひどいめにあったよぅ……」と言わんばかりにきゅーんと鳴いて啓頼に甘えモード。

なんとなく、ちょっとだけ、おもしろくない。

森原家の愛犬が己牧より頼れる主治医を上位にランキングしているように見えるせいだと思いたいものの、そうじゃないのはわかっている。

素直に彼に甘えられるシロさんに嫉妬しているのだ。

（もう本当に、我ながらこういうのどうかと思う……）

誰にも分けたくない、全部独り占めしたい、なんてよくばりな気持ちを持つほど人を好きになったのは初めてだけれど、愛犬にさえ対抗心が生まれてしまうなんて嫌になる。自分で自分に呆れるのに、よくばりな気持ちは止まらない。

（恋をしたら、もっとうれしいことばっかりなのかと思ってたのにな……）

実際にうれしいことも多いし、ドキドキとキラキラが毎日を鮮やかにしている。でも、自分の嫌な部分も出てくるし、なんだかよくわからないのに苦しくなることもいっぱいだ。

(叶わない片想いだから、なのかなあ……)

内心でついたため息を注意するように、シロさんを撫でていた啓頼のスマホが震えた。

「残念、そろそろ帰らないとね」

「……ですね」

啓頼が止めたのはマナーモードでセットしてあるタイマーだ。二人でいるといつも驚くほど速く時間が過ぎてしまって、気付いたら一時間以上たっていたなんていうことがよく起こる。「あんまり遅くなるとご家族が心配してこまちゃんに夜の散歩を禁止しちゃうかもしれないから」と冗談めかして大人らしい気遣いをみせた啓頼は、切り上げる目安として十時を知らせるタイマーをかけるようになったのだ。

気遣いはありがたいけれど、己牧としてはちょっと寂しかったりする。自分だけがもっと一緒にいたいみたいで。

でも、わがままは言えない。しぶしぶながらもベンチを立ち、毎回送ってくれる啓頼と並んで夜の公園をあとにする。

聞こえるのはシロさんの短い呼吸、ペースの違う二人と一匹の足音。遠くからは車の走る音がして、近くではどこからか涼しげな秋の虫の声。

二人と一匹で歩くのにすっかり慣れた夜道に、月光が意外なくらいクリアな影を落とす。

大きくてゆったり歩く啓頼、彼の肩くらいまでしかない己牧、リズミカルな足取りの愛犬のシルエットがところどころ繋がってひとつになる。

上弦の月が浮かぶ、夏よりも濃く見える星空を見上げて己牧はそっと呟いた。

「いい夜ですね」

「うん、いい夜だね」

穏やかに返される低い声は、しみじみと気持ちが重なっている感じがする。

気のせいかもしれないのに、というか彼に関しては間違いなく絶対に気のせいだけれど、互いに夏目漱石の「月が綺麗ですね」の意味を短いフレーズにこめているようなゆっくりとした口調。

恋心の成就なんて贅沢は言わないから、人としてあなたのことを大好きだ、という気持ちは知っていてほしいなあ……なんて己牧は思う。恋心がひそんでいるとは気付かれないバランスで。

(そのバランスが難しいんだけど)

ゆっくり歩いてきたのにもうすぐ『もりはら』だ。

上弦の月を見上げて、己牧はこっそりため息をついた。

「敬老の日のためにおじいちゃんがいつも以上に働いていることに、僕はとても複雑な気持ちになっています……」

九月も後半の祝日。配達用のプラスチックのケースに商品を詰めながらの己牧の呟きに、お手製の芋ようかんを手際よくパッキングしている祖父が白い眉を上げる。

「なんだい、こまちゃんはじいちゃんに隠居しろっていうのかい？」

「そういうわけじゃないけど、今日は敬老の日だよ？　おじいちゃんは敬われる立場なのに」

のんびり過ごさせてあげたいのに、高齢者用の施設などでは敬老の日こそが一大イベント、「敬老の日のお菓子」としていつも以上に和菓子を受注した『もりはら』の和菓子担当の祖父は朝から大忙しだ。もちろん店主である父も大車輪で働いているけれど、最近は洋菓子派も多いから和菓子まで手が回らない。

気遣う己牧に祖父が朗らかに笑った。

「置き物みたいに丁重に扱われるだけが敬いじゃないよ。好きにさせてもらう方がありがたいねえ」

のんびりした口調で言って、芋ようかんの詰まったケースを抱えて配達用の軽のワゴンに向かう。颯爽とした師匠の後ろ姿を、己牧も『もりはら』の看板商品であるロールケーキのケースを抱えて追った。厨房と車を何回か往復して配達用の商品をすべて積み込む。

「一緒に来るかい？」

「もちろんです」

即答して、師匠の助手として己牧は助手席に乗りこんだ。

祖父は運転するときにいつもラジオをかける。ＤＪのおしゃべりや音楽、コマーシャルなどを聞くともなしに聞いていると、聞き覚えのある曲がかかった。己牧がかつてハマっていた朝ドラの主題歌だ。

懐かしさに浸りながら聞いていると、ドラマの出演者を連想したらしい祖父が話をふってきた。

「そういえば早坂アキラ、いま大変みたいだねえ」

「ああ……熱愛発覚ですごい話題になってるよね」

人気俳優の早坂アキラは先日発売の週刊誌に新人女優との交際をすっぱ抜かれ、このところワイドショーやネットニュースで毎日取り上げられている。早坂サイドは黙秘しているものの女優サイドは思わせぶりな発言を繰り返していて、ほかにスキャンダラスなニュースがないせいかおおげさに騒がれているらしい。

「芸能人って大変だよね」

「おやおや、ファンのわりにどうでもよさそうだねえ」

「え、そう……？　プライバシーがなくてすごく気の毒だなあって思ってるけど」

「朝ドラを見ていたころのこまちゃんには、もっと反応に熱があったよ。あのころだったらめでたいニュースとして喜ぶか、お相手の女優さんによってはちょっとがっかりしてたんじゃないかい？　ファンとしての熱が落ち着いたのかねえ」

　言われてみたらそうかもしれない。

　啓頼によく似たビジュアルで早坂アキラが朝ドラに出ていたころは、もっと彼への他愛のない好意というか、理想的な男性への憧れのようなものが強かった。だからヒロインが彼じゃなくてほかの男を選んだときには「もったいない！」と残念な気持ちになって本気で怒り、のちに彼にぴったりの女性が出てきてうまくいったときには心底うれしくなった。いま思うとちょっとイタイけれど、当時はそれくらい感情を揺さぶられていたのだ。

　でも、いまは違う。

　今回の交際報道で祝福なり驚きなり何らかの気持ちが生まれてもおかしくないのに、心はとても穏やかだ。「あ、そうなんだ」と素直に受け入れて、「そっとしといてあげればいいのに」なんて完全に他人事（ひとごと）として受け止めている。かつてあれだけファンだったのが嘘みたいに。

（べつにファンじゃなくなったってわけでもないんだけど……）

　いまでもドラマに出ていたら必ずチェックするし、雑誌の表紙になっていたらうっかり買ってしまうし、格好いい人だなあと思う。ただ、早坂アキラだから格好いいという見方じゃなくて、好きな人に重ねて格好いいなあと思っているのは否めない。

（ってことは僕、いまは早坂さんをヒロ先生の身代わり扱いしてるんだ……！）

　気付いて、自分で自分にびっくりした。

でも、納得はできた。本命がいるのに、似ているから好きというだけの芸能人に心を乱されたりはしない。啓頼に対する気持ちとは根本が違う。

（好きって不思議だなあ……）

友達の好き、憧れの好き、家族の好き。物への好き、味への好き、そのほかいろいろ。たくさんある「好き」の中で、誰か一人だけを特別好きになるのはどうしてだろう。相手が異性なら種の保存とか生き物としての理由もあるのに、同性を好きになる理由は己牧には謎だ。

（好きになりたくなくても、なっちゃうし……）

叶わない恋なんて誰だってしたくない。見込みがないとわかっていても落ちてしまうから恋なんだろうか。

なんて物思いに時折ふけりながらも昼から夕方にかけて配達して回って、遠くの空が紅葉の色と混じりあうころに無事に終了した。

「お疲れ、こまちゃん。よく働いたねえ」

「おじいちゃんを敬老できた？」

商品の運び出しをほぼ一人で行った己牧の問いに、祖父が目尻にしわを寄せて「よき敬老でござった」とねぎらいをくれる。殿にご満悦いただけて己牧も満足。

すっかり軽くなったワゴンで帰路についたら、祖父が「せっかく遠くまで来たから勉強ついでにケーキでも食べて帰るかね」と人気パティスリーが軒（のき）を連ねる大きな通りに向かった。地元とは違う華やかな街並みに遠出してきたことを実感する。

高級感溢れるショップが並ぶ通りで信号待ちをしている最中、「おや」と呟いた祖父が己牧の方に身を乗り出してきた。

「あの建物から出てきたの、春野どうぶつ病院の先生たちじゃないかい？」

祖父の指さした方向に目を向けるなり、息が止まった。大きく目を見開く。

瀟洒(しょうしゃ)な白い外観、ロココ風の優雅なファサードもエレガントな建物。薔薇(ばら)やレースでロマンティックに飾りつけられたウインドウには豪華なドレスとタキシードが並び、著名なデザイナーの名を冠してそこがどういう場所かを示す金色の文字が並んでいる。

ブライダルサロン。

両開きの白い扉の前でスタッフらしき人に挨拶されているカップルは、たしかに春野どうぶつ病院の先生たち——早苗と啓頼に見える。

止まっていたような時間が動き出し、鼓動が不穏に速くなった。

人違いじゃないかと目をこらしてみるものの、見れば見るほどそっくりだ。いや、そっくりなんてものじゃない。真っ黒で硬質な髪、眼鏡の形、しっかりしたスタイル抜群の長身、小柄な早苗と並んだときの身長差。

駄目押しのようにサロンの前の駐車場に停まっている赤と白のツートンの車に気付いて、すうっと全身の血が下がった気がした。どこにも力が入らなくて、息がうまくできなくなる。

苦しい呼吸をなんとか繰り返していると、信号が青になった。祖父が車を発進させ、啓頼たちが遠ざかる。

「いやあ、ただの噂にしちゃ『結婚式は年末年始のころらしい』なんて妙に具体的な話もあるなあと思ってはいたけど、さなえ先生と結婚してヒロ先生が春野どうぶつ病院の跡を継ぐって話は本当だったんだねえ。夫婦でドクターならさなえ先生が赤ちゃんを授かってもクリニックを続けられるし、春野先生も安心して隠居できるねえ」

「……そう、だね」

なんとか返事をしたものの、それ以上は何も言えなかった。きりきりと痛む胸が苦しくて、目の奥がやけに熱くなる。

現実を締め出すように目を閉じてシートにもたれると、気がかりそうな祖父の声が聞こえた。

「こまちゃん？　どうかしたのかい」

「……ちょっと、車に酔ったみたい」

とっさに出た嘘だったけれど、苦しげな声に真実味があったらしい。

「疲れたせいかな。ケーキは今度にするかい？」

祖父のやさしい声になんとか頷いて、己牧は自分の世界に閉じこもる。

（……さっきの、ヒロ先生だった）

間違いなく。

啓頼にはよく似ている兄のヒデさんがいる。願わくば早苗の隣にいるのがヒデさんであってくれないかと、己牧はものすごく見覚えのある長身の男性に懸命に目をこらして本人じゃない証拠を見つけ出そうとした。結果、かすかな希望にもすがれないほど確信させられただけだった。

早苗とブライダルサロンにいたのは己牧の片想いの相手――啓頼だった。

（ヒロ先生、さなえ先生と結婚するのかな……）

きっとするのだろう。そうじゃなかったら、ちょうど結婚を意識しそうな年ごろの男女が連れだってブライダルサロンに行くはずがない。

考えるほどに胸の中に石が詰まってゆくみたいに重さと苦しさが増す。鼻の奥がつんとする感覚を奥歯を食いしばってなんとかやりすごして、己牧は必死に自分を落ち着かせようとする。

全然知らなかった。

啓頼が早苗と結婚するなんて――しかもすでにブライダルサロンで相談する段階まで進んでいるなんて、気付きもしなかった。

もちろん啓頼が己牧にそんなことを教えてくれる義理はないんだけど。

己牧の心の中を映すようにその夜はどしゃぶりになって、夜の散歩は中止になった。そのことに心底ほっとする。

次の夜は、降りそうで降らない重苦しい曇天。

（降ればいいのに……）

一面を覆う雲で月も星も見えない夜空を自室の窓から眺めて、己牧は啓頼と会って以来初めてそんなことを思う。

もともと男の子の自分が相手にされるはずもないのはわかっていた。それなのに、もう絶対にこの恋が叶わない現実を突きつけられたとたんに耐えられないほど苦しくなっている。

「心のどこかで、期待してたってことだよなあ……」

啓頼がやさしいから。なんとなくいい雰囲気のように思えるときもあったから。

「……そんなわけないのにね」

呟きに自嘲の響きが滲む。

差し入れ用の「むしやしない」を作る気力もなくベッドで丸くなっていると、スマホにメッセージが届いた。力なく手を伸ばして画面を見ると、予想通りに啓頼から。

『今夜は散歩に来ますか』

小さな公園で会う暗黙の約束に繋がる、すっかり見慣れたいつものフレーズ。これまではいそいそと『行きます』と返していたのに、すぐに返事ができなかった。

会いたいけど、会いたくない。

いま彼に会ったら自分はきっと平気な顔をしていられない。

さんざん逡巡してから、小さく唇を噛んで返信した。

『今夜は行けません』

啓頼からの返事は『了解です』とあっさりしたものだった。自分たちの関係を思い知って、なんともいえない気分になる。

公園で会うのは強制じゃない。タイミングが合えば会おうという程度のお誘いであって、行けないなら仕方ないねですむのは当然だ。むしろ、ずっと前から約束していたわけでもないのに『どうしたの』『なんで来ないの』と問い詰める方がおかしい。

わかっているのに、なんだかとても落ち込んだ。

それから数日間は学校をやりすごすだけでせいいっぱいだった。

啓頼から再び夜の散歩に誘うメッセージがきたけれど、まだいつも通りの顔で会える自信がない己牧は『文化祭の準備で忙しいのでしばらく行けません』と、嘘ではないものの百パーセント本当でもない理由で断った。啓頼からは応援のメッセージが届いて、その後は忙しいという己牧を気遣ってか連絡はきていない。

ほっとする一方で寂しくて、あきらめたいのに踏ん切りがつかない。

たぶん、偶然見かけたという状況証拠だけじゃ恋心の息の根を止めるのに足りないのだ。心のどこかで「あのとき見かけたのは本当はヒロ先生たちじゃなかったのかも」「実は二人でブライダルサロンに往診に行っていたのかも」なんて、普通に考えたらありえない希望を持ち続けてしまっている。でもそれが無茶な希望だというのも本当はわかっているから、決定打をもらうのが怖くて本人に直接聞くこともできずに避けている。

そうこうしているうちに十月に入った。

あれだけ頻繁に会っていた啓頼と、もう十日も会っていない。

(こんなに簡単に途切れちゃうんだなあ……)

学校帰りの己牧は、夕方の色に染まりつつあるうろこ雲を眺めてため息をつく。

学生の自分と社会人の啓頼はもともと接点がない。お互いが会おうとしていたことで繋がっていた糸は、片方が切ってしまったらそれでおしまいだ。信じられないほどあっけない。

ものすごく啓頼に会いたい。

でも、同じくらい会いたくない。

相反する感情で己牧の心はずっと乱れている。

報われないとわかっているのに彼のことを好きなままの自分が嫌で、なんだかもう本当は嫌いなんじゃないかという気持ちになるほどときには混乱する。だけど、こんなに苦しいのはやっぱりどうしようもなく好きだからだ。

いっそのこと告白して当たって砕けてしまおうか、なんて思うものの、これからもこの街で生きてゆくつもりなのにそんな無謀な真似はできない。もし己牧が同性を好きになったことが噂になったら、きっと家族や『もりはら』にもダメージを与えてしまう。

どうしたらいいのかなあ……と沈んだ気持ちで『もりはら』の脇道を入って玄関に向かうと、

バウムクーヘンカラーのもふもふが柵まで駆けてくるのが見えた。裏庭との区切りである柵の間から鼻先を出したシロさんのところへ挨拶に向かう。

「ただいま、シロさん。このところ夜のお散歩に連れて行ってあげてなくてごめんね」

三角の耳の辺りを撫でながら謝ると、「きゅーん」とシロさんが悲しげな声をあげた。不満の表明というよりは落ち込んでいる己牧を心配しているように見えて、申し訳ない気持ちになる。

いくら気持ちが沈んでいるからって、お散歩大好きなシロさんの楽しみを減らすなんて飼い主として失格だ。シロさんは文句も言わずにこうやって心配してくれるのに。

「今日は早めに散歩に行こうか」

謝罪の気持ちをこめて提案すると、くるんと巻いたしっぽがふさふさと振られた。己牧の声の調子が上がった影響かもしれないけれど、喜んでいるようでこっちも少し元気になる。

日が落ちるのが早くなった空は鮮やかな夕焼け、茜色がたなびく雲を染めて夜の群青へととけてゆく。

この時間帯は商店街もにぎやかだ。顔なじみに挨拶しながら、己牧はいつもの小さい公園ではなく噴水がある方の大きい公園を目指す散歩ルートをとった。

踏むと小気味よく乾いた音をたてる落ち葉にシロさんは興味津々で、最初はおっかなびっくり、慣れると勇んで街路樹の枯葉が吹き溜まりになっているところを歩く。

ハロウィンスイーツの広告が出ているコンビニの前を通りかかったら、中から出てきた小柄な女性が「あれ」と声をあげた。

「こまちゃんとシロさん？」

「さなえ先生……！」

立ち止まった己牧たちの方に早苗がにっこり笑顔でやってくる。一瞬逃げ出したいような気持ちにかられたものの、なんとか笑みをつくった。

「お仕事帰りですか？」

「そうなの。仕事のストレスをパーッと発散したくて体に悪いものを買いにきたの」

そう言う彼女の手にはコンビニの袋。ふと己牧は目を瞬いた。

ほっそりした指には、結婚を予定している人なら着けていそうなものがない。

じっと見つめてしまうと、早苗が戸惑った様子で左手を顔の高さに上げた。

「何かついてた？」

「いえ、指輪をされてないんだなって……」

ぽろりと疑問が零れると、早苗が大きな瞳をさらに大きく見開いた。夕焼けのせいじゃなく顔を赤くする。

「あー……もしかして結婚のこと、ヒロ先生から聞いちゃった？　こまちゃん、ヒロ先生と仲いいもんねえ」

何気なく明かされた、結婚を肯定する返事に息が止まる。動揺のあまり返事ができなかったものの、早苗は照れくさそうな、けれども幸せが零れるような笑みを見せた。

「実は指輪はチェーンに通して、ネックレスにしてこっそりつけてるの。この辺りの人たちって噂好きだし、バレたら絶対大騒ぎになるからギリギリまで隠しておきたいのよね。てことで、こまちゃんも年明けまでは秘密にしててくれる？」

年明け。祖父が言っていた噂での結婚時期と同じだ。きっと式の日取りなども決まっているのだろう。

ショックを受けながらもなんとか頷いた己牧は、体中の血が下がってしまったような感覚に足元がふらつかないように力を入れる。動揺しているのに気付かれたらいけない。平気な顔をしていないと。

一刻も早くこの場から立ち去りたくてシロさんのリードを握り直した矢先、早苗が思いがけないことを言ってきた。

「そうそう、今夜はヒロ先生のことよろしくね」

「え……？」

「あれ、連絡きてない？　今夜はこまちゃんに癒やしてもらいたいなあって帰り際に言ってたんだけど」

「き、きてないです、連絡」

意外そうな顔をされるけれどこっちこそ意外だ。啓頼が己牧に癒やされたがっているなんて。

何があったのかと聞いてみれば、夕方にクリニックに運ばれてきた犬の死因が人間による虐待で、スタッフ全員が怒りと悲しみに打ちのめされたらしい。

「仕事がら命が終わるときを目にする機会は多いし、どんな命もいつか必ず終わりがくるってちゃんとわかってるんだけど、老衰や病気じゃないのはやっぱりすごいダメージなのよねえ……。動物たちは生きることや愛することに素直なぶんだけ真っ直ぐなのに、ゆがんだ人間に踏みにじられたのを目の当たりにするとやるせなくなっちゃう。でも、明日もあるから落ち込んだままじゃいられないじゃない？　だからあたしはコレ」

彼女が掲げたコンビニの袋には缶チューハイと味の濃そうなスナック菓子、それからカップの贅沢アイスクリーム。これから春野先生と一緒にお笑いのＤＶＤを見ながら飲んで食べて発散するのだそうだ。

「ヒロ先生はこの街にきてからずっとこまちゃんが特効薬っぽかったけど……、あ、そういえば最近こまちゃんは忙しいから無理かなあって言ってたっけ。遠慮したのかしら」

啓頼と顔を合わせたくなくて彼にした言い訳を、已牧は初めて後悔した。何も言えずにいる間に早苗が「やだアイスがとけちゃう」と慌てた様子できびすを返す。

「そのうち時間ができたらまたうちのドクターをかまってあげてね～」

にっこりして言うと、じゃあねー、と已牧とシロさんに明るく手を振って去っていった。

半ば呆然と手を振り返した已牧の胸に、なんとも言えない不可思議な感情が湧いてくる。

好きな人が結婚してしまうのはどうしようもなく切ないし、実際に何かが刺さって痛んでいるみたいに胸が苦しい。それなのに、啓頼が早苗でもほかの誰でもなく自分に癒やしを求めたと聞いたら、甘い痛みを伴った幸せが生まれていた。

甘いもので癒やされる彼にとって己牧の作るスイーツが好みに合っているだけなのだとしても、啓頼の心の中で自分は誰よりも特別な場所をもらっている。

もともと叶わない恋なら、それ以上何を望むことがあるだろう。

（……ちゃんと、ヒロ先生の結婚をお祝いしよう）

失恋の悲しみも痛みも全部飲みこんで、そのうえで誰よりも好きな人の結婚を祝うお菓子を作ろうと己牧は思う。

一人の友人として。

彼の好きなお菓子を作れるパティシエとして。

今夜はまだ無理だけれど、近いうちに必ず、心をこめてお祝いしよう。

それから数日後、己牧はいつも以上に真剣な表情でキッチンに立った。何日もかけて選び、アレンジまで考えたレシピを書いたノートをホルダーに固定する。

今夜作るのは啓頼の結婚祝いのお菓子、クロカンブッシュだ。

円錐状に積み上げたプチシューをアメ、もしくはカラメルで固めたお菓子で、フランスのウエディングケーキとしても知られている。本格的なものはまさにタワー状態でかなり迫力があるそのお菓子を、己牧は持ち運びしやすい四号ケーキサイズで作ることにした。

人生で初めて作るウエディングケーキ。

大好きな人へのせいいっぱいのお祝い。

手順としては、まずシュー生地を作ってプチシューを焼き、次にベースとなるカスタードクリームを作る。プチシューの粗熱が完全に取れたらひとつずつクリームを詰め、アメを絡めつつ積み上げてデコレーションするのが基本。

シュークリーム作りは生地もクリームもとにかく混ぜる作業が多い。しかもハンドミキサーではやりづらい工程が多いから、ひたすら手作業で混ぜることになる。

ベストなタイミングを逃さないように神経を使いながら混ぜて、混ぜて、混ぜて、腕が痛いのを通り越して痺(しび)れたみたいになったところでようやくシューとクリーム、両方の準備が整った。

大きく息をついて、天板の上からこんがりふっくらと焼けたプチシューをひとつ手に取る。完全に粗熱が取れているのを確認。

「……よし、あとは仕上げだ」

プチシューにひとつずつ、リキュールやピュレでフレーバーを変えたバリエーション豊かなクリームを詰めてゆく。

スタンダードなカスタード、コーヒー、キャラメル、バナナ、マロン、フランボワーズ、ダブルクリーム、チョコレート、それから柑橘系が好きな啓頼のためにレモン風味のもの、初めて彼にあげたカップケーキの組み合わせである柚子ピールを混ぜたチョコレート味。

ほとんど重さを感じさせなかったきつね色の小さなシューが、クリームを内包してしっとりと重くなる。ひとつ、またひとつ。あどけなく空いた内側を埋めてゆく、いくつもの味と色のクリーム。ほろ苦かったり、甘酸っぱかったり、ただやさしく甘かったり。

単純作業は意識に余裕が生まれるせいか、黙々とクリームを詰めているうちに啓頼とすごした時間が胸によみがえってきた。

ずっと楽しくて、幸せだったなあと思う。

春に啓頼と知り合ってから、己牧の毎日はいままで生きてきた中でいちばんキラキラしていた。無意識にやきもちを焼いたり、会えない日に寂しくなったり、同性である彼にドキドキする自分に不安を抱いたりもしたけれど、それも含めて特別な日々だった。

好きだった。

これまでこんなに好きになった人はいないくらい、大好きになっていた。

近くにいるだけでうれしくて、ときどき少し切なくて。でも本当に、一緒にいられるだけで幸せだった。

言えなかったけれど。

言っていい気持ちじゃなかったけれど。

丁寧に作業をしているのに、手許がいつの間にか水の中から見るみたいにゆらめき始める。

ああ、僕、泣きそうなんだ——と気付いたら、ぱたぱたっと作業台に水滴が落ちた。自分でも止めようのない涙に動揺して、己牧は慌てて腕で顔を拭う。

違う、泣かない。泣くようなことじゃない。

自分に言い聞かせて、強く目を閉じる。

いま作っているお菓子は、泣きながら作るべきものじゃない。これから結婚する人の幸せを喜び、祈るものだ。

涙も、悲しみも、花嫁への嫉妬もふさわしくない。これは美しく、幸せなものじゃないといけない。

大丈夫、ちゃんとお祝いできる。啓頼がいつもみたいに笑顔で食べてくれるような、美味しくて幸せなお菓子にしてみせる。

大きく息をついて、目を開けた。

もう悲しみや嫉妬にのみこまれないように、透明な気持ちを濁らせるものを払うように、己牧はいちばんの願いを小さな声にして仕上げてゆく。

「ヒロ先生が、幸せでありますように」

男の子である自分には遠くから見ていることしかできないから、お月さまの穏やかな美しさがずっと損なわれないように、祈るような気持ちで啓頼の幸福を願う。

視界を勝手に潤ませる涙はどうしようもないけれど、ときどき目許を腕で拭いながら、己牧は好きな人の結婚を祝うお菓子を作り上げた。


啓頼にいつものメッセージを送るとすぐに返事がきて、いつもの公園で会うことになった。

箱に入れたクロカンブッシュの紙袋を大事に持ち、家族に声をかけてから己牧はシロさんを連れて久しぶりの夜の散歩に出る。

啓頼と早苗をブライダルサロンで見かけた日から、ちょうど二週間。

夏のころよりだいぶ涼しくなった夜気は己牧には少し肌寒いくらいだけれど、毛皮のシロさんには心地いいのかふっさふっさとうれしそうにしっぽが揺れている。

秋の夜空は色が深い。これから寒くなるにつれて空気が澄んで、いっそう藍色(あいいろ)が深くなって星が綺麗に見えるだろう。

月が明るかった。月光だけでくっきりと影ができるくらいに。

こんなに明るいと互いの顔もよく見えそうだから、表情を読まれないように雲が出ればいいのになんて思いながら公園に着くと、啓頼はもうベンチのところで待っていた。

己牧の姿を認めるなり、ほっとしたように表情をやわらげる。

「こんばんは、こまちゃんにシロさん」

「……っ、こんばんは、ヒロ先生」

ちゃんと失恋を受け入れたはずなのに、どうしてこんなに胸がぎゅっとなるんだろう。ひさしぶりに会えてうれしい、と伝えてくるような笑みにどうしようもなく胸が乱れる。彼のあの眼差しは、ただの友人に対するものだとわかっているのに。

意識して呼吸をゆっくりとしながら、シロさんを連れて彼の元に向かった。

桜もみじの下、いつものベンチに並んで座った。四月のころは強引な人なら一人座れそうなくらいあった二人の間の空間がいまはほとんどないことに気付いて、不思議な感慨を覚える。

「最近忙しかったみたいだね。やっと会えた」

しみじみとした声で言われた後半に鼓動が速くなったものの、己牧はなんとか笑顔をつくった。

「ヒロ先生が会いたかったのは僕のケーキでしょう」

「こまちゃんにも会いたかったよ」

大きく目を見開くと、啓頼は少し照れた笑みを見せてから視線を足下にいるシロさんに向ける。まるで思いきって本心を伝えたあとにはにかんでいる少年のようで、ドキドキが大きくなって落ち着かなくなってしまう。

気持ちが乱れておかしな言動をしないように、己牧は震えそうになる手でクロカンブッシュの箱を紙袋から取り出した。懸命に明るい声を繕(つくろ)う。

「そんなこと言って、本命はこっちですよね？」

「今日は箱入り？　大きいねえ」

「開けてみてください」

己牧の勧めに従って箱を開けた彼が、眼鏡の奥の瞳を見開いた。

「すごいね……、豪華」

アメを纏（まと）ってパリッとつややかなプチシューは月光にもきらめいて見える。それだけでも綺麗だけれど、表面に粉糖や刻みナッツをまぶしたシューを混ぜ、さらにカットフルーツとチョコレートソースでデコレーションしたからサイズ感とあいまっていつも以上に華やかだ。

「クロカンブッシュのミニバージョンです。……お祝いに」

「お祝い？」

怪訝そうな啓頼に、己牧は無理やり口角を上げる。声が震えないように内心で祈ってから、一息に言った。

「クロカンブッシュはフランスのウエディングケーキなんです。敬老の日に祖父と配達に出ていたらヒロ先生とさなえ先生がブライダルサロンにいるのを見てしまったんですけど、そのあとでさなえ先生からご結婚されるとうかがったので……ヒロ先生、ご結婚おめでとうございます」

なんとか最後まで言い切ったのに、返ってきたのは沈黙だった。しかも啓頼の表情は、とても苦いものを飲みこまされたかのような苦痛を滲ませている。

戸惑っていると、彼がひとつ大きな息をついた。静かにクロカンブッシュの箱を閉じる。

「……せっかくこんなに豪華なお祝いを作ってくれたこまちゃんには悪いんだけど、俺に結婚の予定なんかないよ」

「え……」

あまりにも予想外の言葉だと、難しいことじゃなくても理解不能になる。固まっていると、「これは俺用じゃないから」と無言で示すように手の込んだウエディング用のお菓子を脇に置いた啓頼が己牧に向き直った。沈んだ瞳で改めて告げられる。

「結婚するのは俺じゃなくて、さなえ先生と俺の兄貴。さなえ先生はそう言ってなかった？」

言ってなかった……けれども、思い返してみたら結婚相手が啓頼だとも早苗は言っていない。

「で、でも、ブライダルサロンにいたのはヒロ先生でしたよね」

いくら似ていても絶対に見間違ったりしていない。信じられなくてこれ以上ないくらいに目をこらしたのだから。戸惑い全開で確認するとあっさり頷かれる。

「うん。でもあれは代理だから」

「代理……？」

「普通なら結婚式の準備に代理を立てるなんてありえないよね。でもうちの兄貴、このところ自由に出歩けない状態になってるから仕方なく引き受けたんだ」

「出歩けないって……事故に遭われたとか？」

「いや、そういうんじゃないんだけど……」

否定しながらも歯切れが悪い。言いたくなさそうに視線をそらして、がしがしと頭をかいてから、ようやく彼が口を開いた。

「うちの兄貴、こまちゃんがファンだって言ってた俳優なんだよ。早坂アキラ」

最後に放り投げるように告げられた有名人の名前が春野どうぶつ病院の屋上で会った「ヒデさん」とイコールになるまで、数秒を要した。

ぽかんとしたままながらも、己牧は最初に浮かんできた疑問を口にする。

「でも……ヒロ先生と名字が違いますよね」

「芸名だからね。早坂アキラの本名は俺と一字違いで倉橋英頼（ひでより）っていうんだけど、芸能界に入るときに事務所の社長に本名だと堅苦しくて時代劇役者みたいだから変えろって言われたらしいんだ。ちなみに早坂は母親の旧姓で、アキラは英頼のヒデを読み替えただけ」

あっさりした返事は当然といえば当然。そもそもアキラという名前も『ヒデさん』と一字もかすっていない。そんなことさえ思いつかないくらい動揺している己牧に彼が続けて言う。

「身内に芸能人がいるってバレるといろいろ面倒くさいから、よほどのことがない限り明かさないようにしてるんだ。でもこまちゃんが早坂アキラのファンだって知ってたのに、黙っててごめん」

「い、いえ……」

言い分としてはわかるから己牧は呆然とかぶりを振る。というか、びっくりしすぎていてなんだか頭がちゃんと働かない。夢でも見ているみたいだ。

とはいえ思い返してみたら、ヒデさんはたしかに早坂アキラにそっくりだった。己牧だって夏祭りの夜に春野どうぶつ病院の屋上で会った彼を、「ちょっと変装した本人と言ってもいいくらい」と思ったくらいだ。

（それなのに全然気付かなかったなんて、鈍すぎるよ僕……！）

夜の屋外だったし、身近な人の実兄が芸能人だなんてありえないと思っていたとはいえ、仮にもファンなのに本人に会っても気付かなかったなんて先入観とはおそろしい。

そう思うものの、よく考えてみたらそれも仕方がなかった。そもそも己牧はヒデさんのことをまともに見ていなかったのだ。あのころにはとっくに啓頼を好きになっていて、ヒデさんのことも「人気俳優によく似てる」じゃなくて「好きな人によく似てるお兄さん」というフィルターで見ていたから。

ともあれ啓頼の実兄は人気俳優の早坂アキラであり、早苗の婚約者というのも現実だった。

啓頼の話によると、早坂アキラことヒデさんは啓頼が大学生のころにゼミの飲み会で撮った写真に写っていた早苗を見て一目惚れをしたらしい。「芸能人は信用ならない」という早苗を懸命に口説き落として極秘で付き合って今年で五年め、ヒデさんが三十歳になったのを機に結婚するつもりで着々と準備を進めていた。プライベートに関して騒がれたくない芸能人がやむをえずとる手段として「年末年始のバタバタしている時期にあえて結婚を発表して式を挙げる」予定で準備していたのに、新人女優の売名に巻きこまれてしまったのだという。

「なまじ相手が公開中の映画で共演している子だから、話題になるだけでいい宣伝になるってことで事務所は静観の構えなんだって。さすがに行きすぎたら止めると思うけど、事務所同士で裏取引もあったみたいだし」

そんな大人の事情もあって、ヒデさんは現在芸能リポーターや雑誌記者に張りつかれ中。パパラッチされたら困るのに、彼にはどうしてもずらせない予定があった。

「あのブライダルサロンのオーナーって世界的にも有名なウエディングドレスデザイナーなんだけど、新郎新婦を並べてバランスを見ながらデザインから小物まで細かく調整するっていうこだわりがある人なんだ。それでサロンには必ず二人一緒に行かないといけないっていう決まりがあって、いまの早坂アキラは身動きがとれないから体型がほぼ同じで見た目も似てる俺に新郎代理の依頼がきたってわけ」

啓頼としては「予約日を変更したら？」とまっとうな提案をしたのだけれど、そのデザイナー氏は多忙すぎて予約日をずらしたら予定通りにドレスが仕上がらなくなるのだそうだ。

「さっちゃんに完璧なドレスを着てほしいんだよ」と訴える兄、「孫の花嫁衣裳のためなら」と半ば強制で有休をくれた春野先生に負けて、啓頼はやむをえず新郎代理を務めた。

「まさかこまちゃんに見られてるとも……俺が結婚するのをお祝いしてもらえるとも、思ってなかったけどね」

どことなく落ち込んで見える苦笑を見せて呟いた啓頼が、ふいに眼鏡の奥の瞳を見開いた。

「こまちゃん……!?」

「あ、あれ……?　なんだろ、なんか、勝手に……」

泣いているという自覚をする間もなく次々に溢れてくる涙に自分でも戸惑って、己牧は慌てて両手で顔を拭う。でも、拭っても拭っても勝手に涙が零れてくる。

息を吸ったら大きくしゃくりあげてしまって、もっと止まらなくなった。

どうしよう、啓頼が固まっている。いきなり泣きだすなんて意味不明で迷惑だろう。

「す、すみません……。なんか、すごくほっとしたみたいで……」

懸命に泣きやもうとしながら言い訳すると、一瞬にして何かに強く包まれた。

大きく目を瞬くけれど、何が起きたのかわからない。潤んだ視界いっぱいにぼんやり広がるのは布みたいだ。清潔ないい香りがして、布の下は硬くて、ほんのり温かい。というか、自分を包みこんでいる何かからものすごい心臓の音がする。

まさか、まさかこれは――。

啓頼に抱きしめられたんだ、と気付いた瞬間、彼の体から響く音よりも自分の鼓動がひどくなった。驚きと動揺で涙も止まる。

身動きもできずにいると、頭上とくっついている体から重なって吐息混じりの声が聞こえた。

「……ごめん。一瞬理性が飛んだ」

「な、なんでですか」

「なんでかわかんないかな……？」

腕をゆるめたものの己牧から完全には離さないで、啓頼が顔をのぞきこんでくる。ドキドキしながらも目をそらせずにいると、濡れた頬をやさしい手で丁寧に拭ってくれた彼が少し笑った。

「俺が結婚するわけじゃないってわかって泣くほどほっとされたら、期待しちゃうよ」

「期待……？」

「うん。俺がこまちゃんに好きだって言っても、同じ気持ちを返してくれるんじゃないかって」

はっと息を呑む己牧と視線を合わせて、啓頼が真摯な声で告げる。

「俺、こまちゃんが好きなんだ」

「で、でも僕、男ですけど……っ」

「わかってるよ。でも好きなんだ」

はっきりと言いきられて、頭の中が真っ白になった。

信じられない。だけどうれしい。でも現実じゃないみたい。何か言おうにも何も言葉にならない。

固まっていると、啓頼の顔が不安げに曇った。

「……困ってる？　俺のこと気持ち悪い？」

ぶんぶんとかぶりを振る。真っ白な頭の中からなんとか言葉をひっぱり出した。

「全然……っ、ていうか逆です！　僕もヒロ先生のこと、す、好きですから……！」

「……本気にしていい？」

「本気です！」

　即答したら、啓頼の表情がゆっくりとやわらかな安堵の笑みにとけていった。きゅうん、と胸が甘く絞られる。

　ドキドキが大きくなりすぎてもう見ていられない。熱くなった顔をうつむけると、彼の胸が近くなってなんだか吸い寄せられそうになる。そんな気持ちに呼応したみたいに背中にあった大きな手がするりと上にすべって、やさしく頭を抱き寄せられた。

　とん、と胸板に額がついて、互いの速い鼓動が重なって感じられる。心臓がうるさい。どうしよう、息さえうまくできない。

「なんか……夢みたいです」

　ぽつりと呟くと、「うん、俺も」と意外な返事が返ってきた。やさしい手で己牧の髪を撫でた啓頼が、しみじみとした口調で打ち明ける。

「正直、さっきまでは完全にフラれたと思ってた。わざわざこんなに豪華なウエディング用のケーキを作ってお祝いしてくれるなんて、こまちゃんにとって俺は本当にただの友人にすぎないんだなあって。結局は俺が兄貴に……こまちゃんがファンだっていう早坂アキラに似てるから友達になりたかっただけなんだろうなって思い知らされた気分っていうか」

「ち、違います」

　ぎょっとして顔を上げると彼が笑って頷いた。

「うん、いまはわかる。ていうか兄貴がさなえ先生と結婚するって聞いても平気そうだったこまちゃんが、俺の結婚話が誤解だってわかったらほっとして泣いてくれるとか……なんかもう堪らない気持ちになったよ。気がついたら抱きしめてて、ずっと我慢してたのにって自分で自分にびっくりした」

「我慢してたんですか……？」

「してたよ」

「いつくらいから……？」

意外な即答にドキドキしながら聞くと、彼が記憶をたどるような眼差しになった。

「いつからだろう……。気がついたらこまちゃんのことを好きになってたんだけど、もしかしたら最初からかも」

信じられない返事をくれた啓頼が、大きく目を見開いている己牧に少し笑ってもっと詳しく教えてくれる。

「こまちゃんがシロさんを連れてクリニックに来たときに、可愛い子だなあって内心で感心してたんだけど、笑ったのを見たときになんかすごい衝撃を受けたんだよね。でも男の子相手にそういう気持ちになったのなんて初めてだし、疲れが溜まっていた時期に美味しい『むしやしない』をもらったからほかの人より多めに好意をもっているだけだってずっと自分に言い聞かせてた。特別な感情とは違うって。でも、こまちゃんのことを知れば知るほどもっと一緒にいたいなあって感じるようになってたから、夏になるころにはもう好きだって認めてた気がする」

すぐには信じられずに呆然としていると、真顔になった彼が続けた。

「正直に言うとね、俺から告白したらこまちゃんは受け入れてくれるんじゃないかって感じることもあったよ。でも、言うべきじゃないとも思ってた」

「え……？」

「こまちゃんはまだ高校生だし、兄貴のファンだって聞いてたから。もしこまちゃんが俺のことを好きになってくれたとしても、それは早坂アキラのイメージを俺に重ねたせいかもしれないし」

違います、と言おうとしたら視線で止められた。そういえばさっき「いまはわかる」と言われたばかりだったことを思い出して、己牧は黙って続きを聞く。

「夏祭りの夜にこまちゃんが早坂アキラじゃなくて俺をちゃんと見てるようなことを言ってくれてすごくうれしかったんだけど、俺にとっての兄貴は昔からみんなの中心にいるような人気者だったから、こまちゃんが俺に早坂アキラを重ねてるかもしれないっていう気持ちはずっと残ってたんだ。もしそうじゃなかったとしても、これから高校を卒業して本格的な人生が始まろうとしているこまちゃんに男同士なんてイレギュラーな道を選んでほしいとは言うべきじゃないって思ってた。ていうか、いまでもそう思ってる」

不穏な言葉に戸惑いと不安で表情が曇ると、なだめるように髪を撫でられた。

「こまちゃんの未来を大人として守りたいなら、本当は好きだなんて言わない方がいいんだよね。

そう思えばこそ、こまちゃんのことをすごい好きだなあって感じて気持ちを伝えたくて仕方がない気分になったときでもなんとか我慢してきた。でも結局言ってしまったし、こまちゃんも俺のことを好きだって知ってしまったら、手放すなんてもうできない。男同士なんて人に言えない関係だし、きっと大変なことがたくさんあると思う。それでも俺はこまちゃんを恋人にしたい」

「……僕も、ヒロ先生の恋人になりたいです」

囁くように答えると、小さく息を呑んだ彼が深く息をついた。

「いまので心が決まったよ」

言って、少し体を離す。戸惑った瞳で見上げると、姿勢を正した啓頼が己牧の顔を真っ直ぐに見て告げた。

「誰よりも大事にするし、俺にできる限りのことをして守ります。だから、俺の恋人になってください」

「……はい」

真剣な口調で丁寧に言われた言葉に、じわりと瞳が潤むのを感じながらも己牧は深く頷く。彼曰くのイレギュラーな道は己牧だけじゃなく、きっと啓頼も同じくらい大変だろう。だからこそ、心からの気持ちを返した。

「僕も、ヒロ先生のことを誰よりも大事にします。守りたいです」

「こまちゃん……」

ふわりと瞳をやわらげた啓頼が甘く名前を呼んで、愛おしむように抱きこまれた。背中や髪を撫でる大きな手はやさしくて、ドキドキするのにほっとする。動物たちもこの手に安心するんだろうな……と思った己牧は、聞き忘れていたことを思い出して少し顔を上げた。

「あの……、ヒロ先生がさなえ先生と春野どうぶつ病院を継ぐっていう噂があるんですけど……」

「え、何それ？　初めて聞いたよ」

本気で驚いたらしい啓頼が、己牧から話を聞いて「中途半端にリアルなのが噂って怖いなあ」と苦笑する。

彼の話によると噂はまったくのデマで、実際にクリニックを継ぐのは当然のように早苗だった。現在ドクターが三人体制になっているのは、若手二人がそれぞれしっかり独立できるようにと半ば引退状態の春野先生が顧問のような立場で指導しているから。ちなみに早苗は「子育てのことを考えるとやっぱりいまの二人体制がベストよね」と、啓頼が希望すればこのまま勤続コース、独立するならもう一人ドクターを募集する予定なんだそう。

懸念も晴れて肩の力が抜けると、よりぴったりと啓頼に体がくっついた。恋人になったばかりの存在を互いに味わっているうちに、いつしか響きあう鼓動がひとつになる。

やさしい手で己牧の髪を撫でていた啓頼が少し困ったような声で呟いた。

「そろそろ、離れなきゃ駄目だね」

「駄目ですか……？」

「うん」

「……やっぱり男同士ですし、人に見られたら困りますもんね」

しょんぼりすると、苦笑混じりで意外な返事をされた。

「それよりは俺の方の問題」

「え……？」

「この辺って、夜になると本当にめったに人が通りかからないでしょう」

「はい」

「だから人に見られるのが心配っていうより、見られる心配が少ないのが危険なんだよ」

人目を気にせずに一緒にいられるならその方がいいはずなのに……ときょとんとすると、啓頼が小さく笑った。

「そういう反応ができるこまちゃんを大事にしたいので、俺から離れてほしいわけです。このままだともっと欲しくなるから」

心臓が跳ねた。落ち着きかけていた鼓動がまた駆け足になる。

ドキドキしている間に体を離されそうになって、己牧は口から心臓が飛び出すような思いをしながらも勇気を振り絞って本心を伝えた。

「あの……、もっとどうぞって言ったら、呆れますか……？」

眼鏡の奥の瞳が大きく見開かれる。

「意味、わかって言ってる？」

「わ、わかってます。ヒロ先生から見たら子どもかもしれないですけど、僕だってもう十八です。結婚もできる年です。す、好きな人をもっと欲しいって気持ち、僕にもあります」

緊張と恥ずかしさでつっかえながらもなんとか言いきると、まいったなあ、というように彼が甘く笑み崩れた。ぎゅうっと抱きしめられる。

「どうしよう、こまちゃんが可愛い。いつも可愛いけどもっと可愛い。なんかもう堪んない」

可愛いを連呼する啓頼に照れくささがピークに達するけれど、どうしようもなくうれしい。体中で幸せがはじけてそわそわする。

少しだけ腕をゆるめた啓頼に熱くなっている頬を大きな手のひらで包みこまれて、やさしい誘導に胸を高鳴らせながらも顔を上げる。視線を合わせた彼に低く問われた。

「キスしてもいい……？」

「……聞かれると恥ずかしいです」

赤くなって訴えると、静かに笑う気配がした。

「じゃあもう聞かないね」

端整な顔がゆっくりと近づいてくる。緊張で見ていられずにぎゅっと瞳を閉じると、少し間があってからふわりと唇に温かくてやわらかなものが触れた。

ドキドキしているうちに一旦離れて、もう一度ゆっくりと重なる。しっとりと馴染む薄い皮膚はひどく気持ちよくて、くっついているのがとても自然な気がする。

重なってきたときと同じように、ゆっくりと唇が離れていった。大きな手は頬に置かれたままだ。ドキドキしながら薄く目を開けると、じっと見つめていた啓頼が微笑んだ。

「次はもう少し長いから、鼻で息してね」

さっき息を止めていたのに気付かれていたらしい。頬が熱くなるのを感じながらもこくりと頷くと、やわらかな笑みを湛えた形のいい唇が再び下りてくる。

口づけはやさしくて甘いのに、深まってゆくにつれて己牧の体を内側から熱くしてぞくぞくさせる。とけあうような感覚が幸せで、気持ちよくて、ふわふわする。

(ヒロ先生って、やっぱり大人だ……)

キスをほどかれたときには頭がなんだかぼんやりしていた。

「……やじゃなかった?」

低くやさしい問いかけに、己牧は乱れた呼吸の合間になんとか答える。

「舌……に、びっくり、しました……」

「もう聞かないって言ったでしょう」

いたずらっぽく笑った恋人に、さっき自分が言いたかった内容がちゃんと伝わっていないことに気付いて己牧は言葉を足した。

「そうじゃなくて……、なんだかすごく、気持ちよくて……」

眼鏡の奥の瞳が丸くなる。まだぼんやりしている意識でも何か変なことを言っただろうか、と戸惑った顔になると、ふ、と笑った彼が上気して染まった頬をやさしく撫でた。

「なんか俺、これからこまちゃんに振り回されそうな気がする」

「え……？」

「シロさんのしっぽと同じくらいの勢いで」

笑みを含んだ声で呟いた啓頼の視線をたどると、ぺろりと無邪気に舌を出して「なにしてるの？」と言わんばかりのつぶらな瞳でこっちに注目している愛犬。

そのくるんと巻いたしっぽは、ふさふさと勢いよく振られていた。

相愛スイーツ

ことことと鍋で肉と野菜が煮込まれている。

おたまで丁寧にアクをすくった己牧は、そろそろかな、とタイマーをチェックした。箱の裏の『おいしい作り方』にあった煮込み時間の二十分まで、あと一分。

エアコンのきいた涼しい部屋で作っているのはスタンダードなカレーだ。

恋人は煮る時間も水の量も適当に作っている気軽なメニューだけれど、己牧の手にかかるとルーの箱が勧める通りの正確な手順を踏まれる。幼いころからお菓子作りをしてきたせいか、きっちり作った方が落ち着くのだ。

高校を卒業して二年めの夏。己牧は兄と同じ製菓専門学校に通っている。

高三の秋から始まった啓頼との交際も順調だ。

啓頼は告白のときの約束そのままに己牧を大事にしてくれている。それも、ものすごく。

(……大事にしてもらっているのは、わかってるんだけどな)

無意識のため息を零したタイミングでタイマーが煮込み時間終了を告げた。一旦火を止めてルーを割り入れ、おたまでかき混ぜて溶かす作業に集中する。

もう一度火にかけて混ぜながら煮込んでいると、玄関の鍵が開く音がした。恋人の帰宅。真剣にカレー鍋と向き合っていた己牧の表情が本人無自覚でほころぶ。

合鍵はずいぶん前にもらったけれど、使ったのはまだ片手で足りるほど。いつもは啓頼がいるときにこの部屋に来るから使う機会がないし、用事もないのに勝手に入るような真似は己牧にはできない。

でも、ごく稀に啓頼の方から『今夜会える？』という、裏返したら「会いたい」というメッセージが入ることがある。そういうときは獣医の彼にとって精神的に大きなダメージを受けるようなことがあった日らしいと気付いてから、己牧は合鍵を使って恋人の部屋で出迎えるようになった。

落ち込んで帰ってきたときの晩ごはんの匂いは元気をくれると思うからこそ、料理もするようになった。とはいえお菓子作りならお手のものの己牧も料理は初心者、いまのところカレー、シチュー、カレーの順になってしまっているけど。

「おかえりなさい、ヒロさん」

「ヒロ先生」から呼び方が変わった恋人をはにかんだ笑みとともに迎えると、己牧の姿を認めた啓頼の表情がふわりとやわらいだ。

「ただいま、こまちゃん」

「今夜はカレーです」

「うん、美味しそうな匂いが外までしてた」

他愛もない会話で彼の表情がさらにほぐれて、己牧の気持ちもほぐれる。

命に限りがあることを常に目の当たりにしている啓頼がダメージを受けるような事例は、「死」そのものではなく、心ない人の手による動物たちへの悲惨な扱いだ。こっちから聞けば概要だけさらりと教えてくれるものの、それだけでも十分に胸が痛む内容だからか彼はいつも詳しくは語らない。だから己牧もあえて聞かずに、「ごく普通の日常」に恋人を迎える。

啓頼はドクターらしくまず手洗いとうがいをした。キッチンですませるのがものぐさからじゃないのは、これまでの経験から知っている。

予想通り、恋人は鍋をかき混ぜている己牧を背中からハグしてきた。付き合って二年近いのに抱きしめられると毎回ドキドキしてしまうけれど、癒やしを求めてのことだとわかっているからそっと声をかける。

「お疲れさまでした」

「……うん。いてくれてありがとう」

しっかりと抱きしめた恋人の深い声が頭のすぐ横で響く。鍋の火を弱めて、少し身をよじった己牧は片手を硬質な黒髪に伸ばした。落ち込んでいるときに手のひらが慰めをくれるのは体験的に知っているから、自分より大きな恋人の髪をなでてあげる。

しばらくそうしていたら体に回っていた腕が少しゆるんだ。

見上げると、ずいぶんやわらいだ表情になった啓頼が聞いてくる。

「俺、すごくにやけた顔になってない？」

浮上できたらしい。ほっとして己牧は笑って返す。

「なってないと言えなくもないですけど、どうしたんですか」

「俺の恋人って最高だなあ、っていう幸せに浸ってた」

「……！」

じわりと頬を染める己牧にやわらかく笑って、彼が軽く唇を重ねた。ただいまのキス。

「もっと欲しくなっちゃうけど、デザートは食後だよね」

「……いまの、ちょっとおじさんっぽいですよ」

「しまった、好物って言えばよかった」

「あんまり変わらないです」

笑ってツッコミを入れると「まいったな」と啓頼が照れを含んだ苦笑を見せる。彼のこういう表情はおじさんどころか少年めいていて、いつ見ても胸がきゅんとする。

かつては啓頼のことをすごく大人だと思っていたこともあってツッコミ方も控えめだったけれど、一緒にいる時間が長くなるにつれて徐々に遠慮がなくなった。年上の恋人はたしかにいろんなことを知っていて、視野が広くて、頼りになる。けれどもまったく隙のない完璧な人ではなくて、案外子どもっぽいところもあるし、逆に発言がオヤジっぽいところもあるし、弱っているときはちょっと甘えてくる。

意外だけれど、そういうところを知れば知るほど彼を身近に感じてもっと好きになる。

これ以上ないくらいに好きなのに、さらに上があるなんて不思議だなあ、とときどき己牧は思うのだ。

「カレーはこまちゃんが作ってくれたからサラダは俺が作るね」と冷蔵庫から野菜を出した啓頼

は、己牧がカレーを盛りつけている間に手際よくキャベツと人参のコールスローサラダを作りあげた。冷やしトマトと胡瓜も添えて、彩りもばっちり。

「ヒロさんって実は料理上手ですよね」

「大学のころから一人暮らしだしね。あと、こまちゃんと付き合いだしてからは前よりまめに作るようにしてるから」

「そうなんですか？」

「お菓子はこまちゃんが美味しいのを作ってくれるから、料理は俺の担当かなって。目標はこまちゃんの胃袋を摑んで俺から離れられなくすること」

にやりと笑う彼に噴き出してしまう。

「小さな野望ですね」

「大事な野望だよ」

真顔で言ってのけた。

本日の夕飯は己牧作のカレーライスに啓頼作のサラダ、食後にデザート付き。

ちなみにデザートは己牧……ではなく、ちゃんと用意しておいた甘夏の三層ゼリーだ。もちろん己牧お手製。上からコアントローとレモンで風味付けをしたムースの層、炭酸入り甘夏果汁ゼリーの層、ごろごろ甘夏果肉入りゼリーの層になっている。

「んー……美味い。さっぱりするし、別々に食べても一緒に食べてもいいね。さすがこまちゃん」

相変わらず幸せそうに食べて、心から褒めてくれる恋人に顔がほころぶ。

自分の心の中の「コンパスになる人」は、啓頼に決めようと思うまでもなくいつの間にか彼になっていた。もう一生己牧の心にいるということだけれど、それこそ望むところだ。これからもずっとこうやって、彼の喜んでくれるようなお菓子を作っていきたいと己牧は思っている。それがほかの人の幸せにも繋がったら最高だ。

食後は二人で後片付けをして、録画していた野生動物のドキュメンタリー番組を見てのんびりとすごした。癒やされたいモードの恋人とテレビを見るとき、己牧はソファに背を預けた啓頼にすっぽりと背中から抱かれて脚の間に座ることになる。最初のころは緊張していたけれど、いまではリラックスして大きな体に寄りかかれるまでになった。

番組が終わったあとも離れがたくて見るともなしにバラエティを眺めていたら、する、と己牧の指に長い指が絡んできた。心臓が跳ねる。

これは、二人だけの秘めごとの合図。

ドキドキしながらも己牧は絡めた指で彼の手を軽く握って応える。

「……こまちゃん」

やさしい声が、低く、甘く、名前を呼んだ。誘う響きに胸を高鳴らせながら上半身をひねって見上げると、眼鏡の奥の甘さと熱を帯びた恋人の瞳と視線がぶつかる。

ゆっくりと唇が重なった。

しゅわ、と体の内側で小さな泡がはじける。ぬるりと艶めかしいものが口内にすべりこんでくると、はじける泡がたくさんになってあちこちがぞくぞくした。

最初はドキドキしすぎて受け入れるだけでせいいっぱいだった大人のキスも、経験を重ねるにつれてだいぶ慣れたと思う。それでも啓頼に大人のキスをされると己牧の体温はいつもあっという間に上がってしまう。体が熱を帯びると肌がやけに過敏になって、軽く撫でられるだけで快感の泡がしゅわしゅわとあちこちを痺れさせる。

深いキスをほどかないまま、啓頼が両手で己牧の体の向きを変えさせて膝の上に抱き上げた。腰を強く引き寄せられて、互いの熱を帯び始めた中心が布地ごしに触れあう。恥ずかしいのに気持ちよくて、鼓動がますます速くなる。

震える手で厚い肩を少し押すと、ゆっくりとキスがほどかれた。濡れた唇を色っぽく舐めた啓頼が、やわらかな表情で「ん？」と軽く首をかしげる。

「あの……、ふ、服を……」

真っ赤になって口ごもると、ああ、と察した啓頼が小さく笑った。

「着替えて帰ったらご家族に心配されちゃうよね。脱がせるね」

脱がせてもいい？　という確認じゃなくて宣言なのは、色っぽいことに関しては「聞かれると恥ずかしい」というかつての己牧の言葉を彼がいまでも大事にしてくれているから。「してもいい？」と質問しない代わりに、予告することで啓頼は己牧に事前の拒否権をくれる。

「し、下着は、替えがあるので……」

「うん、置いてるのがあったね。じゃあほかのだけ先に」

手つきはやさしいままで、恋人はびっくりするくらい手際よく己牧を下着姿に剝いてしまう。クリニックでシロさんを診ていたときと同じ手際のよさだ。

「で、電気を……っ」

「ごめん、ここからじゃ届かない」

さらりと消しに行く気がないのを表明されたけれど、電気がついている中、まったく服を乱していない恋人の前で自分だけほぼ裸なんてかなり恥ずかしい。

「ヒロさんも、服……っ」

「あとでね」

にっこりして端的に返すなり、また深く唇を割られた。こういうときの彼はちょっぴり強引な気がするけれど、ほかを知らないから己牧にはよくわからない。

甘やかして可愛がる、という表現がぴったりくるような大きな手のやさしい愛撫と大人のキスに、体のあちこちで快楽の泡がひっきりなしにはじけた。普段は気にしていないところが感じやすい場所になるなんて、啓頼に触られるまで知らなかった。

下着の中にもぐりこんできた大きな手で先端をぬるりと撫でられて、すでにはしたないことになっている自身に気付いた己牧は慌てて唇を離す。

「あの……っ、ヒロさんの服、汚しちゃう、から……っ」

「うん、俺も脱ぐよ」

言いながら己牧の下着を引き下ろした彼は、性器を露出させられて真っ赤になる恋人に眼鏡の奥の瞳を細めて自らの下衣をくつろげた。脱ぐと言いつつ全部は脱がない啓頼が取り出したものは、大柄な体格に見合った迫力。

なんだか見ていられなくて広い肩に顔をうずめると、頭上で笑った恋人に片手を取られた。

「一緒に、ね」

端的な指示に頷(うなず)いて、互いの熱を触れあわせて二人の手で交わらせる。息が上がって喉から勝手に甘い声が漏れてしまうと、可愛いなあと言わんばかりに啓頼が染まった耳から首筋へとキスで愛撫してきた。ぞくぞくして堪(たま)らない。

「ヒロさ……っ、僕、もう……っ」

「ん……、もう少し、我慢して？」

大きな手のひらが己牧のはりつめた中心から離れる。達する目前だったのにこれはつらい。瞳を潤ませる己牧の顔をじっと見つめて、啓頼が熱のこもったため息をついた。乱れた息を零す口の端にキスを落とされる。

「……こまちゃん、俺のだけ触って？　一緒に終われるように」

吐息の絡んだ低い声はものすごく色っぽくて、囁(ささや)かれるだけでぞくぞくする。こくんと頷いて、己牧は自身に触れている恋人の熱だけを手のひらで包みこんだ。上から彼の手が覆う。

恋人を手で愛撫するのは何度やってもドキドキするけれど、自分のを愛撫されているみたいに興奮もする。切なげに眉根を寄せる啓頼の表情にも煽られて、とろりと潤んだ瞳で見つめていると気付いた彼が照れた苦笑を見せた。

「なに見てるの……？」

「……ヒロさん」

「楽しい？」

「ドキドキします……」

吐息混じりに素直に答えると、笑った啓頼の手が己牧の後頭部を抱いて引き寄せた。深く唇を割られて、舌が入ってくると同時にラグの上に押し倒される。ごり、と彼の熱ではりつめた自身を嬲られた。そのままこすりあわされて腰から甘い痺れが渡る。

「それ、だめ、です……っ」

なんとかキスをほどいて訴えると、己牧の濡れた唇を舐めて啓頼が囁いた。

「いいよ、イっても。こまちゃんのおかげで俺ももうすぐだし、一緒に握ってて」

あごから首筋へと口で愛撫しながら言われて、ぞくぞくしながら指示に従う。己牧が零した蜜でぬるぬるになっている二人ぶんの熱に触れると、ジンと手のひらに熱さが移った。

濡れた瞳で見上げると、吸い寄せられるように唇が深く重なる。再び互いの快楽を煽る動きが始まって、気持ちいいこと以外わからなくなった。あっという間に限界が近づく。

「んっ、んんー……ッ」

深く口づけられたまま体を震わせて己牧が達した直後に、恋人の熱も手のひらに溢れて混じりあう。熱を吐き出してしまうとすうっと心身の高ぶりが引いていって、心地よい疲労感が残った。

大きく息を乱している己牧の唇に軽いキスを落としてから、啓頼が片手を伸ばした。ボックスティッシュを引き寄せて、いつものように腹部や手を拭いてくれる。

あられもない格好がいまさらのように恥ずかしくなってころりと横を向くと、恋人が笑みを浮かべて近くにあったシャツをかけてくれた。やさしい手で髪を撫でられる。

「シャワーに行く？」

こくりと頷くと彼の笑みが深まった。

「こういうことしたあと、こまちゃん無口になるよね。すごい可愛い」

どう反応したらいいかわからなくて瞳を伏せると、シャツでくるんだ己牧を啓頼が膝の上に抱き起こす。熱くなった頬に手を添えて顔を上げさせられたと思ったら、やわらかくついばむようなキスをされた。甘い仕草はうれしいけれど、どうしようもなく照れくさい。

バスルームを借りて、身支度をして出てゆくと少し湿った髪に啓頼がドライヤーをかけてくれた。低く口笛を吹いている彼はご機嫌だ。帰ってきたときは少し元気がなかったからほっとする。

「送っていくよ」

まだ一緒にいたいなあ、と思いながらも己牧は素直に頷く。啓頼が己牧といるために——家族の不興をかわないように気遣ってくれているのはわかっているから。

外に出るとぬるい夏の夜気。夏の夜空は空気が冴えている冬よりもぼんやりと明るいけれど、やわらかな光暈(こううん)を纏(まと)ったお月さまが穏やかに綺麗だ。

恋人と指を絡めて手を繋いで、人通りのない夜道をゆっくりと歩く。

啓頼の手は大きくて指が長い。力も強そうだけれど、触れ方はいつもやさしい。この手で触られる気持ちよさを己牧はよく知っている。

でも、もっと知りたいと思ってしまう。

今年の秋になれば付き合って丸二年。それなのに、啓頼は己牧を最後まで抱こうとしたことはない。さっきみたいに互いを愛撫して快楽を分かちあうだけだ。

同性間でどうするか知らないということはないだろう。動物が専門とはいえドクターとして生き物の体のつくりには詳しいわけだし、情報の溢れる現代、奥手な己牧でさえ少し調べたら知ることができた内容だ。

(場所が場所だから、嫌なのかな……)

なんて思うけれど、直接聞く勇気はない。

そもそも初めての恋人だから、どのくらいで先に進むのが『普通』なのかも己牧にはわからない。それでも一年以上付き合っていて、途中まではしているのに体を繋げないのはよくあることじゃない気がするのだけれど。

もしかしたら啓頼にとってあの交わりは『途中』じゃなくて、男同士だからあれで十分という
ことなんだろうか。

(僕が欲しがりすぎてるのかなあ……)

そう思うと、とてもじゃないけど恋人には言えない。というか、誰にも言えない。こんなこと。

無意識のため息が漏れると、きゅ、とつないでいる手を軽く握られた。注意をひく仕草に顔を
上げると心配そうな瞳に見下ろされる。

「何か心配ごと?」

「い、いえ……っ」

「本当に? こまちゃん、最近ため息が多い気がするんだけど」

自覚してなかっただけにギクリとするものの、言える内容じゃない。己牧はぎこちなく微笑(ほほえ)ん
で「なんでもないです」と答えた。

打ち明ける気がないのを察したらしい恋人は、気がかりそうにしながらも「俺にできることが
あったら言ってね」とやさしい言葉をくれて、それ以上の追及はしないでいてくれる。

心配をかけて申し訳ない。でも、よくばりな自分を知られずにすんでほっとした。

「ただいまー」

「遅かったな」

玄関を開けるなり、ぬっと現れたのは父親だ。日付が変わる前に帰ってきたら森原家ではセーフ、それをわかっているから啓頼も時間に余裕をもって送ってくれる。

まだ十一時半なのに……と時計を見た己牧がきょとんとすると、リビングからいまにも笑いだしそうな兄が顔を見せた。

「おかえり己牧。お父さん、己牧がヒロ先生んとこ行ったっておじいちゃんに聞いてからずっとそわそわしてたんだよ。完全に年ごろの娘を持った父親って感じだよなあ」

がっちりした体型と太い眉が父親によく似ている兄の修己は、昨年の秋に欧州スイーツ修業から帰ってきて現在は『もりはら』の跡取りパティシエとして働いている。

兄の報告に祖父と母親の呆れ声も続いた。

「ヒロ先生のところに行ってるって教えてやってもやらなくても不機嫌になるんだから、困ったものだよねえ」

「何気にお父さんがいちばん頭が固いのよねー」

「……普通だ」

ぶすっとした顔で父親が反論するけれど、兄と祖父と母は華麗にスルー。でも、「息子に同性の恋人が発覚した」場合の家族としては父親がいちばん普通の感覚なんじゃないかと己牧も思う。

とはいえ「普通」とは案外曖昧なものだ。その場の多数派が「普通」となり、少数派が肩身の狭い思いをする。

そして森原家ではなんと父親が少数派、祖父も母も兄も己牧の恋人が同性の啓頼であるというのを受け入れてくれているのだ。

言ってないのにバレてしまったそもそもの発端は、付き合っておよそ三カ月たったころ。

早坂アキラこと啓頼の兄の英頼、通称ヒデさんは、予定通りに一月一日に春野どうぶつ病院の孫先生である早苗と入籍した。式は海外で内々に行ったらしい。

早苗が一般人だからこそマスコミで名前等は出されなかったものの、近くに住んでいればさすがに情報が漏れてくる。年明けの商店街はさなえ先生と人気俳優の結婚の話題でもちきりだった。

そのときに、息子が早坂アキラのファンであると知っている母親から「ヒロ先生と仲よくなったらアキラともお近づきになれるんじゃない？」というミーハー根性溢れる提案が己牧になされた。悪気がないのはわかっていたのに、有名人の兄ありきで啓頼を語られるのがどうしても嫌で己牧はちょっと強く返してしまったのだ。

「僕が仲よくなりたいのはヒロ先生だけだから」

でも、これはまだセーフだった。己牧らしからぬ口調に家族は少々戸惑った様子を見せたものの、それ以上の疑問を抱かれることなく話は終わった――ように見えた。

ただ、疑惑の種は落ちていたらしい。

何気なく見ていれば気にならないことも、なんらかの意図をもって見ると少しずつ繋がってゆくことはよくある。

ほとんど毎晩シロさんと行く長い散歩。夜の散歩に行く日にお菓子が作られる確率の高さ。雨の日の夜にかかってくる電話。愛犬の健康維持に関してやけに詳しくなってゆく己牧。たびたびある「ヒロ先生」とのカフェ巡り。

決定打になったのは三月、高校の卒業式の日だった。

その日は偶然にも火曜日で、春野どうぶつ病院の休診日。己牧は式のあとに卒業を祝ってくれるという啓頼と会う約束をしていた。いったん家に帰って着替えてからいそいそと出かけようとしていたら、まだ礼服の母親に何気ない顔で呼び止められたのだ。

「もしかしてヒロ先生に会うの？」

「うん」

「卒業式の日に、わざわざねえ……。ふうん」

なにやら意味ありげな言い方にドキリとしたものの、己牧は平気な顔を懸命に装った。とはいえうまくいったかどうかはわからない。母親から「ヒロ先生を一回うちに連れていらっしゃい」と言われたから。

にっこりしていたけれど不安を覚えて、己牧は啓頼に報告した。すると事態を重く見た彼は「きちんとご挨拶に行こう」とわざわざアポイントを取って森原家にやってきたのだ。

付き合っているといっても、そのころは啓頼が「こまちゃんはまだ高校生だから」と自制していたし、二人の休みがなかなか合わないこともあって清いものだった。いや、深いキスまではしていたけど。

だからいきなり「ご両親に挨拶」なんて戸惑ったし、そうでなくても同性の恋人、反対されて会えなくなったらどうしようという不安が先に立つ。

ちょっとあやしいって思われてるだけだろうし……と己牧は止めたのだけれど、啓頼は「俺はこまちゃんとこれからも一緒にいたいと思ってるし、お母さんに気付かれているとしたら逃げる方が不信感を持たれるから」と向き合うことを選んだ。一応、相手の出方を見てカミングアウトするかどうかを決めるという予定で。

緊張の面持ちで森原家の面談に挑んだところ、母親は初っ端から「付き合ってるの？」とド直球を投げ込んできた。息を呑んだ己牧の横で、啓頼は臆することなく「息子さんと真剣にお付き合いさせていただいております」と即答。

それに対する反応は拍子抜けするようなものだった。

「やっぱりねえ、そんな気はなんとなくしてたんだよねえ」と祖父が言えば、母親も「ねー」。

「おいおい、二人とも何をのんきな……！」

うすうす感づいてはいても信じてなかった父親が咎めたところで、返ってきたのはおおらかすぎるくらいにおおらかな反応。

「仕方ないわよねえ、こまちゃんがヒロ先生のことを好きで、ヒロ先生もこまちゃんのことを好きだって言うんなら完全に両想いじゃない。こまちゃんは隠そうとしてたみたいだけどなんかいろいろ漏れ出てたから予測はできてたし、うやむやにしないで挨拶に来てくれたヒロ先生なら信用できそうだし、うちの可愛い息子さえ幸せならもういいかなーって気持ちになっちゃった」

「いや、だが、男同士だぞ……っ」

「男同士でも女同士でも好きあうことはあるだろうよ。『もりはら』でも、そういうお客さんからウエディング用のケーキを極秘で注文されることがあるだろう？」

祖父の言葉に父親が黙り込んだ。どうやら本当にそういう依頼が舞い込むことがあるらしい。ちょっとびっくり。

「ただ相手を好きってだけなのに、肩身の狭い思いをしてこそこそ付き合わないといけないっていうのは大変だろうなあって思ってきたからねえ。そう思えばこそ、家族だけでも応援してやりたくならないかい？」

「……そういう言い方をされると、俺が悪者みたいじゃないか」

苦い顔で呟（つぶや）いた父親に「悪者っていうか、こまちゃんたちからしてみたら邪魔者よねえ」と母親がけろりと言ってのける。常々マイペースな人だとは思っていたけれど見事なものだ。

何はともあれハードルは一人だけだと理解したらしく、あっけにとられていた啓頼が姿勢を正して父親の方を向いた。

「あの、お父さん」

「きみにお父さんと呼ばれる筋合いはないっ……が、とりあえず、少し、待ってください」

ベタな台詞を思わずというように口走ったものの、なまじ普段は「先生」なんて呼んでいる相手、しかも父親は客商売をしている。荒い口調をキープするのが難しかったのか腰砕けな小休止を求めてから、気持ちを整理するかのようにしばらくうつむいていた。

「ヒロ先生と二人で話をさせてくれ」と父親が言いだして、己牧たちは従った。厳しい表情の父親の元に恋人を残すのは心残りだったものの、本人が大丈夫というように頷いたからには信じるしかない。

シロさんをかまって気分を紛らわせながら待つこと約三十分。

裏庭にやってきた啓頼は、己牧に安心させるような笑みを見せてから祖父と母親に向き直った。深く頭を下げる。

「己牧くんとのこと、認めてくださってありがとうございます」

「いえいえ、泣かせたら承知しませんけどね。で、お父さんは何ですって？」

「はっきりとは認めてくださいませんでしたが、しばらく様子をみるということで許してくださいました」

「あの子にとっては最大限の譲歩だろうねえ」

シロさんを撫でつつ祖父が目を細めると、「なんかよくわかんないけどよかったね！」というようにシロさんがふっさふっさとしっぽを振って、この件はふんわりと落着。

ちなみに約半年後に帰国した兄の修己は、一切のためらいもなく弟の味方になってくれた。

「ま、まさか修己まで……？」と父親は頬をひきつらせたものの、当の本人は「いや、俺は男は無理だなー。でもあっちで同性カップルが近くにいたし、そいつらも恋愛対象以外は俺たちとなんにも変わんないって知ってるから気になんないだけ。つか、恋愛なんて本人たちがすることなんだから周りであれこれ言うのって余計なお世話じゃねえの」とからりと笑って言ってのけた。修己の外見は父親似だけれど、中身はおおらかでマイペースな母親によく似ているのだ。

ということで、父親はまだ全面賛成ではないものの己牧は信じられないくらい理解ある家族に恵まれた。もちろん家族以外には言えない関係だけれど、いちばん大切な人を大好きな人たちに受け入れてもらっているというのは、とても楽で、幸せな状態だ。

これ以上望んだら罰(ばち)があたる。わかっているのに、ときどき不安になって己牧はいまより多くを望んでしまう。

啓頼はもともと同性が好きだったわけじゃないのに、自分は男の子だから。

家族から認められたことで一緒にいられる時間が増え、自然な流れでキス以上のこともするようになった。だけど、恋人は最後まではしようとしない。

その意味を考えてしまう。

(ヒロさんの気持ちを疑っているわけじゃないんだけどな……)

啓頼はお菓子を褒めるのと同じくらい、己牧のことを好きだというのを態度でも言葉でも伝えてくれる。だから彼の愛情を疑ってはいない。

ただ、もし自分が女の子だったら彼はどうしただろうかと思うと、胸の奥が少しきしむような気がするのだ。

己牧は啓頼と付き合い始めた時点で十八歳だったし、いまやもうすぐ二十歳（はたち）。彼にその気があればお互いの誕生日、もしくは季節のイベントなどのときに最後の一線を越えていてもおかしくないはず。

それなのに彼が触りあうだけで先に進もうとしないのは、もしかしたらこの体だと愛せないということだったりするんじゃないだろうか。

（いや、べつにいいんだけど……っ。ヒロさんが僕のことを好きでいてくれるんなら、体まで愛してもらわなくても……！）

慌てて内心で自分に反論する。というか、体を繋げなくても十分に幸せではあるのだ。むしろ恋人のサイズを知っているだけにリアルに想像するとちょっと怖いくらいだったりする。

でも、女性と付き合っていた啓頼がいまのままで本当にいいと思っているのか不安なのも本音だ。己牧だって、ちょっと怖いと思いながらも彼のことをもっと知りたい気持ちがある。

だっていまの関係は、下手したら「恋人ごっこ」ですんでしまう。

そんなギリギリ引き返せるような繋がりじゃ足りない。心だけじゃなくて、体ごと彼の恋人になりたい。

「……そう思うのって、やっぱりよくばりかなあ」

自室のベッドに寝転がってため息混じりに呟いた己牧は、ふと思い出してベッドを下り、本棚から一冊の古いノートを取り出した。小学生のころに初めて作ったお菓子作り用のレシピノートだ。慎重に開くと、幼い字でホットケーキの作り方が書かれた一ページめと表紙裏の間にひとひらのドライフラワーの花弁が挟まっている。

啓頼と出会った日に己牧の胸に降りてきた、桜の花びら。

すっかり水分が抜け、色も褪せた花弁は下の文字が透けて見える。けれどもちゃんとハートの形をキープしているこれは、八百屋のおばちゃん経由で聞いた話によると『運命の人に出会えるお守り』。

「本当だったらいいなあ……」

ぽつりと心の中の願いが声になる。

かすかな吐息にもふわりと飛んで逃げてしまいそうなこの繊細な花びらに、本当にそんな不思議な力があったらいい。そうしたら、この花びらを手にした日に出会った啓頼は運命の人だ。どんなことがあっても大丈夫と信じられる気がする。

桜の花びらにとっては人間の恋愛成就に興味なんかないと冷静な部分ではわかっていても、目の前のことだけじゃ不安になるから見えない力を信じたくなる。

運命にしろ違うにしろ、大事なものを守るのは難しい。

雑に扱えば壊れてしまうし、慎重すぎてもきっと逃げてしまう。

啓頼のことが大好きだ。誰よりも大切だ。だからこそ彼といられる幸せをずっと守りたいのだけれど、どうしたらいいのか己牧はよくわからない。

とりあえず『お守り』がなくならないように再びノートを丁寧に閉じて、恋人との未来を守ってくれるように祈った。


「こまちゃん、やっぱり何か悩みごとがあるんじゃない？」

珍しく休みが合った啓頼とのカフェデートからの帰り道、二人きりの車内。確信をもった口調で聞かれた己牧は心臓を跳ねさせる。

デート中にうっかり何度もため息を零してしまったから聞いてきたのがわかるだけに、返事に困る。「なんでもない」は突き放して聞こえるだろうし、正直には答えづらい。

おろおろと言葉を探していると、運転中の彼が踏みこんできた。

「もしかして悩みって俺に関係してる？　こまちゃん、何回かは俺を見てため息ついてたよね」

そんなにあからさまだっただろうか。身をすくめて「すみません……」と小声で謝ると、恋人がなだめるように声をやわらげた。

「謝らなくてもいいけど、俺に関係してることならなおさら話してほしいよ。こまちゃんの家族からはお義父さん以外受け入れてもらっているけど、俺たちの関係って基本的に秘密でしょう。周りに助けを求めにくいからこそ、問題があるなら二人で向きあって、ちゃんと話して、一緒に考えようよ。どうしても言いたくないことなら無理にとは言わないけど、俺はこまちゃんが悩んでいるならなんとかしてあげたいし、何もできなくてもせめて一緒に悩みたい」

真摯(しんし)な声で諭されたら、逃げられなくなってしまう。

悩みというには贅沢だし、内容的にも言いづらい。よくばりな自分を隠したいけれど、黙っていることで恋人を傷つけるのも嫌だと思う。

逡巡(しゅんじゅん)した結果、己牧は言われた通りに恋人に相談しようと意を決した。

数回深呼吸をしてから、ぎゅっと目を閉じて口を開く。

「ヒロさんは、僕のことを抱いてみたいと思ったことがありますか……?」

緊張と羞恥(しゅうち)で小さなかすれ声になったのに、思った以上に車内に大きく響いた。

心臓がやぶれそうな心地で待っている己牧に返ってきたのは、凍りついたような無言。――これはつまり、答えられないような返事ということだ。

(やっぱり言うんじゃなかった……!)

羞恥とショックで死にそうになっていたら、静かに車が止まった。いつの間にか路肩に寄せられている。

おそるおそる目を開けて隣を見ると、片手で口許(くちもと)を覆った啓頼がハンドルに覆いかぶさるようにしてうつむいていた。吐き気がするほど嫌なのかと思いきや、耳が真っ赤になっている。

大きく息をついた彼がゆっくりと体を起こして、己牧の目を見てはっきりと答えた。

「あります」

堂々とした返事はイエス、安堵といろんなものがごっちゃになったよくわからない感情でどっと鼓動が速くなる。

「あ、あるんですね」

「うん。ていうかずっと思ってる。引いた？」

「い、いえ……っ！　でも、そういう気配なかったですよね……？」

「出さないように気をつけてたからね。俺はこまちゃんを抱きたい方だけど、いくら可愛くてもこまちゃんも男だから抱かれる側になることに抵抗感があるんじゃないかとか、そもそもそういう目で見られるのも嫌なんじゃないかなあって思ってたし、そうじゃなくても俺の希望を伝えるのはお義父さんに出された条件をクリアしてからのつもりだったから」

父親が出した条件なんて初耳だ。戸惑った瞳を向けると啓頼が教えてくれた。

「こまちゃんの高校卒業の日に、俺、お義父さんと二人きりで話をしたでしょう。あのとき、お義父さんからは『二人の付き合いについて頭から反対はしないが、まだ賛成もできない』って言われたんだよね。男同士っていうのに戸惑っていたのもあるけど、それより心配の方が強かったみたい。俺の見た目が兄貴に似てるから」

「え……？」

「お義父さんとしては、早坂アキラっていう憧れの俳優によく似ている俺の外見にこまちゃんが惑わされてるんじゃないかって思ってたみたい。錯覚で恋している気になってるっていうか」

「そ、そんなんじゃ……っ」

「うん、わかってるよ。でも俺もかつて不安だったくらいだから、そういう風に思うのも無理ないと思うし、そうでなくても学生時代って世界が狭いからバランスの悪い選択に気付かないことも多いよね。お義父さんの心配は当然だよ」

そう言いつつも己牧をあきらめる気など毛頭なかった啓頼は、何をすれば認めてくれるか面と向かって聞いたのだという。しばらく考えた末に、父親はいくつか条件を出した。

「日付が変わる前に必ず家に帰すこと、妙な噂になるような真似は絶対にしないこと、お泊まりは不可、こまちゃんが別れたいって言ったらごねずに別れること、別れたあとに『普通』の男に戻れるようにしておくこと。まあ、最後のは要するに性的な関係を結ぶなってことだね」

「……！」

「ちなみに最後の条件に関しては、ご存じの通り解釈を故意にゆるやかにしてました。何もかもはさすがに我慢できなくて」

白状する彼にじわりと頬が熱くなるけれど、自分だけが欲しがってたわけじゃないのがわかって安堵で表情がゆるんだ。気付いた啓頼が己牧の髪をくしゃりと撫でる。

「ごめん、もっと早く話しておくべきだったね。こまちゃんを不安にさせてしまうことまで考えが及んでなくて、本当にごめん。……ところでこまちゃん、本当にいいの？」

低く追加された最後の部分が何についての確認かわかった己牧は、じわじわと頬が熱くなるのを感じながらも瞳を伏せて頷いた。それから、困り顔で眉を下げる。

「……でも、父の出した条件だとアウトなんですよね」

「いまはね」

「いまは？」

「こまちゃんが二十歳になるまで条件を守りきれたら、俺たちのことを認めてくれるって約束なんだよ。まあ、お義父さんは俺たちがこんなに長く付き合うと思ってなかったみたいだけど」

憧れの俳優に似ているせいで自分の感情を勘違いしているのなら、一年もせずに息子の目は覚めるはず。一方で女性から見て好物件な啓頼に関しては、人目を気にしないといけないうえに抱きあえない同性を二年近く待つはずがないだろう、という算段だったらしい。

しかし己牧の二十歳の誕生日は次の金曜日、五日後だ。

「二十歳になったら、本当にこまちゃんの全部を俺のものにしてもいい……？」

真っ直ぐ（ますぐ）に見つめての問いかけに、心臓が壊れそうなくらい激しくうつ。けれども己牧はちゃんと恋人を見返して、心から答えた。

「よろしくお願いします……！」

五日後、二十歳の誕生日は平日だった。己牧は専門学校とバイト、啓頼は仕事で会う約束は夕方からだ。

待ち合わせに向かおうと玄関を開けると、裏庭で立ち話をしていた仕事終わりの父親と兄に遭遇してしまった。

「おっ、己牧のそれってもしやお泊まりセット？」

「……うん」

バッグを指した兄の無遠慮な問いかけに、父親の存在を意識しながら己牧は答える。

「そっかあ、とうとう己牧もお泊まり自由な年齢か～。これからヒロ先生んちだろ？」

わかっていてどうして聞いてくるのか。おおらかすぎて若干デリカシーに欠ける兄に複雑な気持ちになりながらも頷くと、「幸せにしてもらえよ」とまるで嫁にでも出すかのようなことを言ってぐしゃぐしゃと髪を混ぜられた。……デリカシーは足りないけれど愛はある。ちなみに母親と祖父にもさっきリビングで同じようなノリで見送られた。

なんともいえない照れくささと羞恥を感じながら「じゃあ、行ってきます」と足を踏み出すなり、硬い声に呼び止められた。

「待ちなさい」

森原家唯一にして最後の反対派、父親だ。緊張を覚えながらも立ち止まると、父親が家の中に向かって大声で呼ばわる。

「アレ、持ってきてくれ」

「はーい」という返事のあとにぱたぱたと軽やかなスリッパの音をさせて母親がやってきた。その手には横長の保冷バッグ。

受け取った父親が、しかつめらしい表情で己牧にそれを差し出した。

「今日は己牧の誕生日だからな。啓頼くんと食べなさい」

それだけ言ってバッグを押しつけるなり、柵から鼻先をのぞかせてしっぽを振っているシロさんの方へのしのしと向かう。バウムクーヘンカラーの毛並みを撫でてやるのがまるで重要な仕事のように難しい顔をしているけれど、照れ隠しなのは明らかだ。

「……ありがとう、お父さん」

「…………ん」

小さく聞こえた返事に胸の中があたたかくなって、唇がほころんだ。

夏の空は午後七時を過ぎてもまだ明るい。

商店街を抜けて、足取りも軽く歩いてゆく。友人というには年が離れている獣医と専門学校生という組み合わせの珍しさで噂好きな人たちに妙な関心を持たれないように、いまでも恋人と出かけるときは人けのない小さな公園で待ち合わせている。己牧と啓頼にとって、ピンクのペンギンのすべり台はもはや恋の立会人ポジションだ。

啓頼はもう公園の前で待っていた。ちなみに車だ。

春野先生のと同じ型だけれど、深い海を思わせる落ち着いた青に爽(さわ)やかな白のツートンの車は、いちいち借りなくても己牧と気軽に遠出できるように付き合ってすぐに啓頼が買ったものだ。

助手席に収まった己牧は、見つめられているのに気付いて少し戸惑う。

「どうかしました？」

「大人になったこまちゃんを目に焼きつけておこうと思って」

「何か変わりましたか」

「アダルトな魅力が溢れだしたね」

一日やそこらではありえないことを真顔で言ってのける恋人に噴き出すと、彼も笑う。

己牧の膝の上にのっている保冷バッグに気付いた啓頼が眉を上げた。

「あれ、誕生日なのに作ってきてくれたの？　俺はこまちゃんの味が好きだからうれしいけど」

「いえ、父からです」

バッグの中、保冷材の真ん中に入っていたのは『もりはら』で一番人気のロールケーキの箱。

「ヒロさんと食べなさいって」

伝言を伝えると、啓頼が眼鏡の奥の瞳を見開いた。

『もりはら』自慢の商品を己牧に持たせて見送った、というだけでいろいろと伝わったらしく、ゆっくりと安堵にも似たやわらかな笑みが彼の顔に広がってゆく。

「……ありがたいね」

しみじみとした低い声に、己牧も心から頷く。

ディナーのために啓頼が予約してくれていたイタリアンレストランは、芸能人であるヒデさんおすすめというだけあって人目を気にせずにゆっくり食事ができる個室仕様だった。

ゆらめくキャンドルの光をヴェネツィアングラスのランプや器が映す美しい空間で美食とゆったりした時間を楽しみ、ドルチェはコースに組み込まれていたぶんだけを堪能する。いろんな種類のスイーツを少しずつ試したい己牧のために啓頼はあえてバースデーケーキをお店に頼んでいなかったのだけれど、父親からのプレゼントのことを思うとちょうどよかった。

帰ってきた啓頼の部屋でケーキの箱を開けると、いつもはシンプルに生クリームだけを巻いたロールケーキがバースデー仕様になっていた。

たっぷりのフルーツでデコレーションされ、お祝いのチョコレートプレート付き。ちなみにメッセージは「祝・二十歳　己牧　お誕生日おめでとう」。

「ものすごい定型文ですね」

「お義父さんらしいね」

ふふ、と二人で顔を見合わせて笑って、父親が付けてくれていた2と0のキャンドルに火を灯(とも)す。ハッピーバースデーの歌を照れつつも一緒に歌ってから火を吹き消した。

「んー、美味しいねえ」

「うちの看板商品ですから」

「それもあるけど、お義父さんからだと思うと感無量で美味しいっていうか」

たしかに、と己牧も同意して、いつも以上に幸せなケーキをゆっくり味わう。

後片付けは啓頼がしてくれた。その広い背中を見ながら己牧は自分の中でだんだん緊張が高まってゆくのを感じる。予告されているだけに、このあとの展開を意識せずにはいられない。

ぎこちなくアイスティーを飲んでいると、戻ってきた啓頼が隣に座った。思わずびくりとしてしまった己牧の肩を、少し笑った彼が大きな手のひらで包んでなだめるように軽く撫でる。

「こまちゃん、無理はしなくていいからね」

「え……？」

「この前は抱きたいって言ったけど、こまちゃんがしたくないならしなくてもいいんだ。俺は好きな子に触って、キスして、一緒に気持ちよくなれるだけでも十分にうれしいし、こまちゃんがそばにいてくれたらそれだけでも幸せだから」

やさしく撫でる手、真摯な低い声に、きゅうんと胸が甘くうずいて苦しいような気分になる。

「……ヒロさん、なんかずるいです」

「えっ、なんで？」

「そんな風に言われたら、本当はちょっと怖いのに、不安もいっぱいなのに、ヒロさんにだったら僕を全部もらってほしいっていう気持ちになっちゃうじゃないですか……」

真っ赤になってしまいながらも本心を伝えると、ふいに体に長い腕が回って抱きしめられた。

お互いの鼓動が響きあって、緊張と幸福感に包まれる。

恋人の表情を見たくて顔を上げたら、いまにもとけだしそうな甘い眼差(まなざ)しにぶつかっていっそう鼓動が速くなった。引きあうように唇が近付いて、軽く触れる。やわらかく食(は)まれる感覚にぞくぞくしていると、キスを深めようとした彼がふと顔を上げた。

「あ、お風呂……」

はっとすると、啓頼がやわらかく笑って腕をゆるめた。

「先に入る？」

こくりと頷く己牧の染まった頬に軽いキスをして、「のぼせないうちにあがってね」と啓頼は笑みを含んだ声で忠告をくれる。実際、できるだけピカピカになってから出ようといつになく丁寧に全身を洗っているうちに、己牧はあやうく恋人の忠告を無駄にするところだった。

入れ替わりでバスルームに向かった啓頼を見送って、エアコンのきいた部屋で己牧は何度も深呼吸する。動悸がひどくてじっとしていられない。

互いを手で愛撫しあったことは何度もあるのに、いざベッドで、最後までとなるとやはり緊張が段違いだ。

とにかく啓頼にがっかりされないようにできるだけの準備をしておきたいけれど、何をしたらいいのかもよくわからない。とりあえずドライヤーで髪を乾かして、歯磨きをしっかりして、リップクリームを塗ってみた。つやぷるな唇が恥ずかしくなって結局ティッシュで拭(ぬぐ)う。

「あとは……服？」

こんなときに何を着たらいいかわからなかったせいで、現在普通のTシャツとハーフパンツ姿だ。我ながら色気がない。

「こういうときって、何を着たらいいんだろう……」

「なんでもいいよ。どうせ脱がせちゃうから」

ひとり言に背後から返事がきて、大きく心臓が跳ねた。振り返ると、首にタオルをかけてミネラルウォーターのペットボトルを片手にした啓頼が楽しそうに瞳をきらめかせている。たまにしか見られない眼鏡なしの素顔に鼓動が速くなった。

「ヒロさん、眼鏡は……？」

「邪魔にならないようにコンタクトにしてきたんだ。眼鏡じゃないと落ち着かない？」

「そんなことないですけど……」

言いつつも、実はちょっと落ち着かない。彼によく似ている兄のヒデさんが眼鏡なしで芸能活動をしているせいか見慣れない感じはしないものの、素顔だと恋人の顔立ちの端整さが際立つし、眼鏡を通さない彼の視線はいつもよりダイレクトに感じられて緊張してしまう。

どぎまぎと視線をそらしたら、笑った啓頼が大きな数歩で距離を詰めてきた。

「……こまちゃん」

いつものように低く、甘く呼びかけた啓頼が片手を差し出す。

ドキドキしながらも手をあずけると、軽く引かれて吸い寄せられるように彼の腕の中に収まった。瞳をやわらげた恋人がこめかみに軽いキスを落として、己牧を腕に抱いたままダブルベッドに腰かける。

なんとも言えない照れくささに恋人の肩に顔をうずめるけれど、ゆったりとした手で背中を撫でられているうちに少しずつ落ち着いてきた。

ちら、と目を上げると、間近に見えるレンズごしじゃない瞳がやわらぐ。

「こうしているのに少し慣れてきた?」

「……はい。ていうかヒロさん、すごい余裕っぽいです……」

「そんなことないよ。俺も同性とこうなったことはないから、こまちゃんを傷つけてしまわないか心配してる」

それもそうかと納得する。同時に、容赦なく室内を明るくしている寝室の明かりが気になった。

眼鏡をしてなくてもコンタクトだったら彼の視界はクリアなはず。女性とは違うこの体がしっかり見えるのはよくないかも。

「あの、電気を……」

「届かないからごめんね」

「じゃあ僕、消してきます」

膝から降りようとしたのに、がっちり腰に回った腕が許さなかった。

「いまさらだよ、もう何度も見てるよ」

「そ、そうかもしれませんけど、でも……っ」

「俺は全部見たいし、いまはこまちゃんと離れたくない。このままましよう」

なだめるようなキスがこめかみから口許へと下りてきた。口の端に数回やわらかくキスしてから下唇を軽く吸われたら、ぞくぞくして勝手に唇が開いてしまう。待っていたかのように唇が深く重なって、ぬるりと舌が入ってきた。

（どうしよう……、見られるの、恥ずかしいのに……）

そんな思いがよぎったのは一瞬で、恋人の甘く艶めかしい大人のキスにどんどん意識をとかされてしまう。体温と感度が上がって、大きな手がTシャツの上から撫でるだけでも体中でしゅわしゅわと快感がはじける。

ぐ、と強く抱き寄せられたと思ったら世界が回った。背中にベッドのスプリングのきしみを感じて、己牧は自分があおむけに組み伏されたことを自覚する。けれどもキスはやまない。

混じりあうキスの音、熱っぽい吐息、勝手に喉から漏れてしまう甘い声。体感だけじゃなくて耳からも煽られて止まらなくなる。

深いキスで愛しあいながら啓頼は己牧の服を少しずつ脱がせていった。脱がされているのは頭の端でぼんやりと理解しているのに、それを当然のように受け止めている自分がいる。

もっと近くで触れあいたい。もっと直接。

意識するよりも先に本能が求めて、己牧は啓頼のシャツの下に両手をもぐりこませた。引き締まった広い背中は熱を帯びて少し汗ばんでいて、自分と同じくらい彼も興奮しているのがわかって胸の奥から喜びが溢れる。

ヒロさんも脱いで、というようにシャツをひっぱると、察してくれた彼が上体を起こした。見ている先でシャツが脱がれ、バランスよく筋肉のついた体躯があらわになる。

啓頼は自らをセーブするために己牧と手で愛しあうときもほとんど服を乱さないようにしていたらしいから、はっきりと裸体を目にするのは実は初めてだ。

「格好いい……」

高校生のころから変わらないうすっぺらい自分の体との違いに思わず呟くと、ちょっと照れたように笑った彼が腕の中に戻ってきた。

「こまちゃんは綺麗だよ」

「お世辞はいらないです……」

「俺が嘘を苦手なのは知ってると思うけど？　こまちゃんの体はどこもかしこも小さくて可愛いし、肌はいつも甘い香りがしてめちゃくちゃ手触りがいいし、いろんなところの色も綺麗で口に入れて味わってみたくなるし、頭のてっぺんから足の先まで全部俺好みだよ」

「も、もういいです」

「いいって何が？　もっとひとつずつ好きなところを挙げたいくらいなんだけど」

赤くなった顔を両手で覆う己牧に、あくまでも楽しげに恋人は囁いてくる。

たしかに啓頼は嘘が苦手だから彼の言葉は本心なのかもしれないけれど、慣れない賞賛のオンパレードは恥ずかしすぎて耐えられない。しかもそれが自分の体のこととなると褒められるほど妙な羞恥を煽られる一方だ。

「こまちゃん、顔見せて……？　キスしようよ」

甘く誘う声には逆らえなくて、おずおずと顔から両手を離す。とけだしそうにやわらかく幸せそうな笑みを浮かべた恋人と目が合って、ふわりと体の熱が上がった。

上気した頬で瞳を潤ませている己牧に、ふ、と啓頼が甘やかに笑う。

「すごい美味しそう……」

美味しそうって……と目を丸くした矢先、スイーツを食べるときのような遠慮のない大きな口でがっぷりと口づけられた。口内を深くまで、くまなく味わうような舌の艶めかしい動きに翻弄されてしまう。

体温と感度が上がっているせいか、大きな手のひらでゆったりと撫でられているだけなのにとても気持ちがいい。しっとりと汗ばんだ肌を慈しむようなやさしい触れ方なのに、体中でしゅわしゅわと快感が沸き立つ。

「ふっ、ん、ひぁ……っ」

突然突き抜けるような電流が走って背がしなり、唇が離れた。

「やっ、や、そこ、だめです……っ」

大きく乱れた息を零す合間に必死になって止めるけれど、ぺろりと舌なめずりでもするように唇を舐めた恋人は己牧のなめらかな胸にあるささやかな突起に置いた親指を離そうとはしない。

そんなところを刺激されて変な声があがってしまうのが恥ずかしいのに、こらえきれない。両手でいたずらな手を押さえようとしたら、くすりと笑った啓頼が右手首を返して、逆に己牧の左手を摑まえてしまった。そのままその手を口許に運ぶ。

ちゅ……と中指の先を吸われて、たったそれだけなのに不思議な痺れがじわりと指先から広がった。戸惑った瞳を向ける己牧と視線を合わせたままで、啓頼が今度は指を深く含んで舌を絡める。しゃぶられると熱を溜めた体の中心を舐められているような錯覚を覚えて、一気に鼓動が速くなった。

「ひ……ヒロ、さん……っ」

「ん……?」

指を口から出さないままで返事をして、彼が含んだ指をやわらかく噛む。噛まれるたびにぞくぞくして堪らない。息を乱して瞳を潤ませている己牧を見つめたまま、彼は中指から薬指、小指、そして手のひらへと口で愛撫していった。まるで本当に食べられているみたいだと思う。

親指のつけ根のふくらみを甘く噛まれ、手のひらのくぼみを舌先でくすぐられる。いつになく脈打っている手首に唇をつけられ、軽く歯を当てられたら甘い刺激にびくんと体が震えた。

「ヒロさん……っ、もう、なんか、怖い……」

「え、怖い？　ゆっくりしてるつもりなんだけど」

「だって……手だけでこんなに気持ちいいなんて……」

涙目で訴えると、啓頼が片手で顔を覆ってうつむいた。

「ヒロさん……？」

「……ん、ごめん。なんかいま、こまちゃんが可愛すぎて理性が飛ぶかと思った」

大きく息をついた彼が顔から手を離す。目が合うと、ゆっくりと甘く笑み崩れた。

「大丈夫だよ、気持ちいいなら素直に感じてくれたらいいだけだから」

「でも……」

「俺としてはこまちゃんが痛かったり苦しかったりするのは絶対にいやだから、もっと気持ちよくしてあげたいと思ってる。だから怖がらないで、たくさん気持ちよくなってくれたらいいよ」

「……すごく、変な声とか出ちゃうかもしれないんですけど」

「うん、聞きたい。たくさん聞かせて」

「……顔も、ぶさいくになると思うし……」

泣いてしまったり口が閉じられなかったりするのを本気で心配しているのに、恋人は楽しげに笑って否定する。

「絶対そんなことないよ。ていうか、こまちゃんの色っぽい顔ってすごく煽られるから」

「色っぽくなんかないですもん……」

「それは自分で自分の顔を見られないからだよ。こまちゃんだって俺のを手でしてくれてるときに顔を見つめてくることあるでしょう？　そういうときの俺、やばい顔になってる？」

「……なってないです」

むしろいつもドキドキして煽られている。そう思うと、相手のことを大好きだったらいろんなことがＯＫになるのかも、となんとなく納得できた。恥ずかしいのはやっぱり恥ずかしいけど。

さすがは言葉を使わないコミュニケーションに慣れている獣医と言うべきか、啓頼は表情や呼吸、声、脈拍、肌の汗ばみ方などから的確に己牧の状態を見極めて快感を高めていった。

大きな手も、キスも、低く囁く声も、全部やさしくて甘い。だから己牧も怖がらずに身をゆだねていられる。

とはいえ、初めての場所に触れられるとやはり体が驚いた。己牧の零した蜜で濡れた長い指の先がぬるりと双丘の間をなぞった瞬間、びくっとして思わず息を詰める。

「……こまちゃん、そんなに怖がらなくてもいいよ。無理やり入れたりしないから、ね？」

なだめるように髪を撫でてこめかみにキスをくれる恋人に、己牧は少し眉を下げて打ち明ける。

「わかってるんです……。それに、いやじゃないんです。でも……」

自分でもどう言ったらいいのかわからずに声が途切れると、やわらかなキスが唇に与えられた。

甘い果実をついばむようなキスを何度もされているうちに、寄っていた眉間がふわりとほどける。

気付いた啓頼がもう一度双丘の間を指先で軽くなぞった。ぞくぞくする感覚に少し眉根が寄ると、眉間にキスを落とされる。

「いまのは怖いせいじゃなかったね……？　ここ、撫でられるの気持ちいいって感じられる？」

ゆるゆると撫でられて身を震わせたものの、それが嫌悪感からじゃないのは自分でもわかった。

これは快感だ。

そんなところを撫でられて気持ちいいなんて……と赤くなるものの、恋人にこんなに大事に気遣われているのに嘘なんてつけない。というか、下手なことを言ったらちゃんと気持ちいいと言えるようになるまで延々とあらゆる場所を愛撫されそうな気がする。

問いかけにこくんと頷くと、ほっとしたように啓頼が瞳をやわらげた。

「これからされることがいやだったら、俺の肩、押してね」

もう一度こくんと頷くと、深く唇を割られる。小さな蕾（つぼみ）の上をやさしい指が何度も行き来して、撫でられることに已牧を慣れさせてゆく。緊張がなくなったころ、ゆっくりとそこに圧力がかかった。

「ん……」

知らずに漏れた甘い鼻声を恋人の口がのみこんでしまう。舌を絡めるキスであやされているせいか体に力が入らなくて、じわじわと長い指が入ってくるのもあまり苦しくない。

根元まで埋め込んだ啓頼が、ようやくキスをほどいた。

「大丈夫……？」

「はい……。ただ、思った以上に大きく感じます……」

「こまちゃんのお尻、小さいもんねえ」

慰めるようによしよしと頭を撫でられる。その手は大きいけれど、きちんと爪を短く切ってある長い指は見るからに器用そうですらりとしている。これくらいなら全然平気そうなのに、いま体内で感じる違和感はもっと太いものを入れられたような感じだ。

「ゆっくり慣らしていくから、できるだけ力を抜いていてね」

最初は指一本でも大きいと感じたのに、その存在に慣れるに従って違和感がなくなっていった。それどころか、内壁の弱いところを見つけ出された直後から体がおかしくなった。内側からそこを弄(いじ)られるたびにきゅうんと長い指を締めつけ、中がうねってもっと奥に誘うような動きをしてしまう。

「……すごい、こまちゃん上手」

褒められても自分の意思でしているわけじゃないし、すごくいやらしい体だと思われそうで恥ずかしい。赤くなってかぶりを振っても、長い指先で泣きどころを責められると言葉にできないような感覚にのまれてはりつめた先端から勝手に蜜が漏れる。こらえようもなく達すると、よりいっそう感じやすくなった。指を増やされてもつらいどころか快感が増幅してしまう。

「ヒロさん……っ、もう、いいですから……」

途中で足されたローションのせいであらぬところからひどく淫(みだ)らな水音がたって、羞恥と慣れない快感に耐えきれなくなって己牧は訴える。けれどもやさしくも色っぽい笑みを浮かべた恋人は却下した。

「まだ駄目だよ。もっとやわらかくしないと」

「でも、もう……っ」

「入ると思う？　俺の」

片手を取られて、啓頼の熱に導かれる。いつも以上に思えるずしりとした重量を手のひらで感じると何も言えなくなった。さらなる快楽と羞恥で泣かされるのを受け入れるしかなくなる。

こんなに丁寧に愛撫してくれる人はいないんじゃないだろうか、と経験のない身でも思うくらいに、じっくりと時間をかけて全身をとかされた。

己牧がどこに触れられても過敏に反応するようになったころ、ようやく甘い責めの手をゆるめた啓頼がうっとりと瞳を細める。

「こまちゃん、とろとろだ……」

可愛いなあ、愛しいなあ、という言葉は口にしてないのに、その声音(こわね)と眼差しが彼の感情を余すところなく伝えてくる。とろけた意識でもふわりとした幸せを感じて、己牧は力の入らない腕をなんとか啓頼の首に回した。何を求めているかわかったらしい恋人が笑みを湛(たた)えた唇でキスをくれる。濡れた目許に、上気した頬に、乱れた吐息を零している唇に。

絡めあう舌が気持ちよくてとけてしまいそうな気がする。埋め込まれている長い指にきゅうんと内壁がまとわりつくと、ゆっくりと指が引き抜かれていった。それだけでもぞくぞくする一方で、ずっと穿（うが）たれていたものがなくなるのを嫌がるようにそこが彼の指をねだってうねる。

キスをほどいた啓頼が、色っぽく唇を舐めて囁いた。

「こまちゃんのここ、すごい動きするね」

引き抜いた指先で淫らな収縮を繰り返す小さな口をぬるぬると撫でられて、体を震わせた己牧はかぶりを振った。

「か、勝手に……」

「うん、そうなってくれてよかった」

本当にほっとしたように微笑んで、啓頼が細い腰に腕を回して持ち上げる。すっかりほころんだ蕾にひたりと熱が触れると、じん、と背筋にうずくような震えが渡った。

「入るから、息、深くしてね」

「はい……」

意識して深い呼吸をする。何度も、何度も。ひときわ強い圧力を感じた直後、ずちゅ、と濡れた音とともにたっぷりとした先端が入った。

「……っ」

衝撃に思わず厚い肩を押すように手を置くと、啓頼が少し身をこわばらせた。息をついてから、視線を合わせてくる。

「痛い……？　やめる？」

「び……っくり、した、だけです。このまま……きて、ください……」

「本当に大丈夫……？」

「大丈夫じゃなかったら……、ちゃんと、言います」

乱れた呼吸の合間に約束すると、「絶対だよ？」と念を押された。やさしい恋人が愛しくて思わず唇がほころぶ。

自然な笑みにほっとしたらしく、啓頼が己牧の呼吸と表情を見ながら侵入を再開した。

たっぷりローションを使って念入りに準備してもらったおかげか、恐れていたような痛みはなかった。代わりに熱塊がじわじわと侵入してくるのに合わせて、言葉にできないような感覚が生まれる。深くまで満たされるにつれて呼吸が苦しくなってきても、十分に時間をかけて体中の感度を高めてもらったおかげか体内で熱が脈打つたびに指先まで甘い痺れが渡る。

長い時間をかけてすべてを収めた啓頼が、大きく息をついた。額に玉の汗を浮かべるくらい自分を抑えているのに、あくまでやさしい手で髪を撫でて聞いてくる。

「つらくない……？」

きゅうん、と胸が甘く痛んで泣いてしまうかと思った。己牧は瞳を潤ませながらも、せいいっぱい微笑む。

「うれしくて、しあわせです……」

「うん……、俺も」

瞳を見合わせて、笑みを湛えた唇を重ねる。体を繋げなくても十分に幸せだったけれど、こうして抱きあうともっと幸せだ。お互いを大事に思いあって、ほかの人には与えないものまで許しあう関係を全身で実感できて。

キスで愛しあううちに、このままじっとしていられないような熱が体中を巡り始める。身じろぎしたら中をいっぱいに満たしている恋人の熱に内壁を嬲られて、びくりと体が震えた。快楽の中枢を愛撫された啓頼も息をつめて、ゆっくりとキスをほどいて艶めかしい吐息をつく。

「……動くね」

ドキドキしながら頷くと、己牧の顔を見つめたままゆっくりと確かめるように奥の方だけを突いてきた。

ずくんと腰を中心に広がった甘い感覚に声も出せずに息をつめると、口許にキスを落とされる。ちゃんとここを開けて息をしてごらん、というようなやさしいキスに、なんとか口を開いて酸素を取りこんだ。

つらくて息をつめたわけじゃないというのは表情でわかっていたのか、啓頼が再びゆっくりと動いた。ぞくぞくして息が上がる。

(なに、これ……)

もっと苦しくて痛いのを覚悟していたのに、つらくない。というか、熱に灼(や)かれている粘膜がじんじんして、うずいているような感じになる。もっとこすってほしい、と訴えるようなうずき。

（どう、しよ……、こんな……）

は、は、と短い呼吸を繰り返して瞳を潤ませると、目許にキスが落とされる。唇は染まった耳へとたどって、吐息混じりの熱を帯びた声が吹き込まれた。

「大きく動くから、きつかったら教えて」

熟れきった内壁を太いものが摩擦しながら抜け出してゆく感覚に全身が総毛だった。抜けてしまう、と眉根が寄った直後、再び戻ってきて甘い痺れがつま先まで渡る。自分でもどこから出したのかわからない声が勝手に零れた。

「……よかった、こまちゃん、気持ちよさそう」

艶めかしくもほっとしたような声が聞こえたと思ったら、そのまま抜き差しが始まった。

ゆったりとした波のような動きなのに、体の内側ではとろけるシロップになる前の砂糖水のように甘く煮えたぎった快感があぶくを作って次々にはじける。触られてもいない中心から少しずつ蜜が零れて、なめらかな己牧の腹部を濡らしてゆく。

「あっ、あっ、ヒロさん、なんか、そこ……っ」

「ん……、ここ？」

ぐり、と的確に大きく反応したところを抉（えぐ）られて、己牧は涙目でかぶりを振る。

「やぁ……っ、そこ、されたら……っ」

「中がびくびくするね。こまちゃん、ここが好きなんだ」

「違……っ」

「違うの？　そんなに色っぽい顔になっちゃうのに？」

汗で額に張りついた己牧の髪をかき上げて上気した顔をさらさせ、熱のこもった瞳でじっと見つめてくる恋人は小刻みな動きで弱いところをわざと嬲ってくる。感じ入った泣き声が漏れると、うっとりした笑みを浮かべた彼が喉に口づけて、甘く噛んだ。声も出せないくらいにぞくぞくして逞しい背中を抱きしめてしまう。

ふ、と首筋で恋人が笑った気配がした。

「そんなにぎゅってされたら動けなくなるよ」

「だっ……て……」

「もういやになった？」

やさしくも色っぽい眼差しで己牧の顔をのぞきこんで問う啓頼は、あらゆる反応を通してきっとこっちの本心なんてお見通しなのだろう。息は乱れているものの、どこか余裕のある笑みを湛えている。

少し眉を下げてしまったけれど、己牧は正直にかぶりを振って両手の力をゆるめた。愛おしげに瞳をやわらげた啓頼に褒めるようなキスをされる。

キスはすぐに深くなって、口内に舌が入ってくるのと同時に浅いところに留まっていた彼の熱

も体の奥深くまで戻ってきた。それだけで全身が粟立つほどの快楽が生まれる。

最初はゆっくりだった抽送が、だんだん遠慮のないものになっていった。強く、大きいストロークになっても濃厚な快楽で煮詰められたような体にはもう気持ちいいばかりで、触れあっているあらゆる場所からとろとろに溶けて混ざりあってゆくような気がする。唇が離れると抑えきれない甘い声が溢れ、慣れない快感に勝手に涙が零れた。

「ヒロさ……っ、もう、僕……っ」

「ん……、いいよ、一緒にイこうね」

伸ばした手に指を絡めて片手を繋いでもらうと、それさえも気持ちよくてきゅうんと内壁がうねる。啓頼がきつく眉根を寄せた。

「中に、出すよ」

乱れた吐息混じりの少し掠れた声で言われたのが通告じゃなくて意向の確認なのは、イントネーションでわかった。こんなときでも己牧のお願いを守って「出していい？」とは聞かない恋人に胸が甘く痛んで、瞳がいっそう濡れる。

頷くと、濡れそぼった果実に長い指を絡められて目の前が一瞬白くなった。意識するより前に絶頂が訪れる。

びくびくと震える体の奥まで痙攣したらしく、啓頼が息を呑んで身をこわばらせた。直後、最奥でたっぷりとした熱が溢れる。恋人が自分を抱くことで気持ちよくなってくれた証拠のような熱さが気持ちよくて、心も体も完全に満ち足りてしまう。

大きく息をついた恋人に包みこむように抱きしめられると、甘く痺れているような体がふわふわと頼りなくなってゆく。乱れた吐息を零す互いの唇がやさしく重なった感覚を最後に、己牧の意識はパウダーシュガーのようなキラキラした光に覆いつくされてしまった。


どこからか聞こえてくるのは、上機嫌な低い口笛。これはたしか、ずっと前に啓頼と初めて出かけたときに聞いたビートルズのメロディ。

パンが焼ける美味しそうな香りにお腹の虫たちが目を覚ましだして、それに伴って意識もだんだんクリアになってきた。

やけに重たいまぶたをなんとか開けると、目に映ったのはカーテンを透かした朝の光に満たされた部屋。ブルーとブラウンを基調とした落ち着いたインテリアには見覚えがあるものの、馴染(なじ)み深い自室じゃない。

数回まばたきをして、ようやく己牧は初めて恋人の部屋で朝を迎えたことを自覚した。同時にゆうべのことを思い出して、うれしさと恥ずかしさで鼓動が速くなってゆく。

ふと見ると、ベッドのシーツはさらりとしていた。ぶかぶかのTシャツだけを身に着けている体も。

（ヒロさんにいろいろ面倒かけちゃったの、夢じゃなかったんだ……！）

夢うつつ状態でお風呂に入れてもらったり、口移しで水分補給してもらったりしていたけれど、思い返してみたらありえないほど甘えてしまった。

ううう、と頭から夏掛けの布団をかぶって羞恥に煩悶していると、ぎしりとベッドが揺れた。心臓を跳ねさせて固まっている己牧を布団の上から恋人の大きな手が撫でる。

「おはよう、こまちゃん。お布団かぶってたら暑くない？」

布団のせいで少し遠く聞こえる声には笑みが滲んでいる。

おずおずと頭だけを出すと、ベッドの端に腰かけた啓頼がこっちを見ていた。眼差しがひどく甘い。胸がうずくのと同時になんとも言えない恥ずかしさが全身を駆け巡って、己牧はシーツに顔をうずめた。

「おはよう……ございます。あの、ゆうべは……」

「すごく幸せだったよ。ありがとう、こまちゃん」

長い指でやさしく髪を梳いてくれながらの言葉は真摯で、じんわり胸があたたかくなる。撫でられているうちに羞恥やら反省やらでぐちゃぐちゃに乱れていた心が落ち着いてきた。

「……僕も、すごく幸せでした」

なんとか彼の方を見て正直な気持ちを伝えると、いまにもとけだしそうな甘い笑みが広がった。真っ直ぐ見ていられない。

もぞもぞと体を起こそうとすると啓頼が手伝ってくれた。そのまま背中から抱きこまれて、気付けば彼の腕の中。

「どこかつらいところはない？」

「……大丈夫です」

赤くなって答えたものの、実際はあちこちの関節がギシギシしているし、いろんなところが過敏になっているし、あらぬところにはまだ何か入っているかのような違和感がある。でも、体調が悪かったりどこかがひどく痛んだりというのが一切ないのは、啓頼が大事に、丁寧に抱いてくれたからだろう。

もともと己牧に手間をかけるのを惜しまない恋人は、後朝で会うといつも以上に面倒見がよかった。キッチンまで抱いて運んでくれたばかりか、彼が作った朝食を食べさせてくれようとまでする。全力で遠慮しなかったら間違いなく実行されていた。

啓頼が作ってくれた朝食は、トーストと、たっぷり夏野菜の入ったベーコン入りのミルクスープだった。トーストが食べづらかったらスープに浸して食べられるように、という心遣い。

「こんなに甘やかされてたらダメ人間になりそうです」

スープを口に運びながら苦笑すると、にっこりされる。

「なってもいいよ、俺が一生責任もって甘やかしてあげる」

「……ヒロさん、いつもは飼い主さんたちの過剰な甘やかしに渋い顔してるのに」

「こまちゃんはペットじゃなくて恋人だからね。ちゃんと自分で考えてるし、俺がやりすぎそうになったらさっきみたいに止めてくれるでしょう」

しれっと嘯く恋人はいつも以上にご機嫌だ。なんかもう照れくさくてどうしたらいいのかわからない。

本日の食後のデザートは、誕生日用ロールケーキの残り。二日めのケーキはやはり味が少し落ちるから、恋人の家にあるもので己牧が簡単にアレンジする。

盛りつけてあったフルーツを別に取っておいて、ロールケーキはサイコロにカット。水と砂糖とオレンジジュースを煮立たせてシロップ少々を作り、オレンジシロップを染み込ませたケーキ、ヨーグルト、フルーツをグラスに順番に繰り返し重ねる。なんちゃってトライフルの完成。

即席で適当に作ったからどうだろう、と少し緊張しながら恋人の反応をうかがうと、いつものように胸のすくような食べっぷり。ちゃんと幸せそうでほっとする。

「こういうのも美味しいねえ。パフェっぽいけどさっぱりしてて夏らしいよね」

「本当のトライフルはヨーグルトとか使わないのでもっとパフェ寄りなんです。でもこれ、冷凍庫でキンキンに冷やしてフローズン状態で食べてもよさそうですよね」

「あー、いいねえ」

残ったら凍らせてみようか、と言っていたのに、スイーツを愛する恋人のお腹の虫たちのスタンディングオベーションによって冷凍用までは残らなかった。まあ予想の範囲内。

食後、やけに改まった様子の啓頼が己牧に向き合った。

「こまちゃん、いまから大事な話をしてもいいかな」

戸惑いながらも頷くと、己牧の顔を真っ直ぐに見つめた彼が口を開いた。

「俺はこの先もずっと、こまちゃんのスイーツを特別な立場で食べさせてもらいたいと思っています。一生ぶんお願いできますか」

「……！」

これはもしかして、いやもしかしなくても「毎朝きみの味噌汁(みそしる)が飲みたい」というプロポーズのスイーツバージョン。

男同士だし、面と向かってのプロポーズなんて想像したこともなかったのに、ものすごく真剣に言われてしまった。照れくささを凌駕(りょうが)する喜びがしゅわしゅわと体の内側から湧き上がってきて、うっかり頷きそうになる。

けれど、己牧はぎりぎりで留まった。彼はきっと大事なことを見落としているから。

「あの……もしかしたら僕は、ヒロさんの夢の邪魔になるかもしれませんよ」

言いたくない気持ちを無理に脇に押しやってずっと胸にわだかまっていた懸念を口にすると、啓頼が怪訝(けげん)な顔になった。

「どういうこと？」

「ヒロさんの夢って開業医ですよね。動物病院って飼い主さん同士の口コミの影響が大きいみたいですし、おかしな噂がたったらやりづらいと思うんです。男同士なんてやっぱり偏見の目で見られるでしょうし、この辺りは噂好きな人が多いですから……」

「ちょっと待ってこまちゃん、俺、話す順番を間違えたかも」

きょとんと見返すと、啓頼から思いがけない告白をされた。

「俺、今年度でこの街を出て行こうかと思ってるんだ」

「え……？」

「獣医ってだいたい五年くらい開業医のところで修業したら独立するんだけど、俺の場合はもともと大学病院で技術は磨いていたし、春野先生にも三年もあれば十分だろうって太鼓判を押してもらえたから、来年か再来年あたりに独立開業するつもりだったんだ。そしたらタイミングよく大学時代の友達から連絡がきて、来年開業する予定で一緒にやらないかって誘われたんだよ」

獣医は専門が違う数名のドクターで一緒に開業することもある。友人の誘いに乗れば彼の夢は叶うのだ。

突然のことに何も言えずにいると、啓頼が申し訳なさそうな顔になった。

「もっと早く相談したかったんだけど、昨日まではお義父さんにはっきり認めてもらってなかったし、こまちゃんが法的にも独立した大人になってからがいいから今日話そうって決めてたんだ。いきなりで驚かせてごめんね」

「い、いいえ……」

かぶりをふる己牧に真剣な声で彼が続ける。

「開業予定地はこの街から離れた都市部なんだけど、俺たちにとってはその方が暮らしやすいと思うんだ。こまちゃんはご家族から離れて知らない土地に行くことになるし、商店街の人たちみたいな距離感に慣れてたら寂しい思いをするかもしれない。それでも俺はこまちゃんに一緒に来てほしい。これから先の人生を一緒に生きるパートナーとしてこまちゃん以外の人なんてもう考えられないし、紙の上での結婚はできなくてもちゃんとプロポーズして了承してもらわないとって思って……」

己牧を連れていくのを前提にいろいろと考えていたのがわかる口ぶりにどうしようもなく感情が高ぶってきて、己牧は胸の奥から湧いてきた『返事』を声にした。

「はい」

眼鏡の奥で戸惑ったようにまばたきをした彼が、はっと息を呑む。

「それ、さっきの返事?」

「はい。僕、一生ヒロさんの『むしやしない』を作ります。その代わり、ご飯は……」

「俺が作るよ」

即答した恋人と目を見合わせて、ふわりと幸せな照れ笑いを交わす。

人生って不思議なものだなあ、と己牧は思う。自分が次男だからこそ『もりはら』の跡継ぎになる必要がないということが、約二年前といまではまったく違う意味をもつ。

啓頼と会ったころ、己牧は跡継ぎでもない自分がパティシエになる意義がわからなくて進路に迷っていた。でもいまは逆に、跡継ぎじゃないからこそ地元に縛られることなく大好きな人と未来を共にできる。

必要とされる喜びと不自由、孤独と自由。いろんなものは表裏一体だ。どちらを見ているかで世界の色は変わる。

人との出会いも不思議だ。

世の中には一生会わない人がそれこそ星の数ほどいて、普通に生きていて直接の知り合いになり、さらに親しくなれる人は限られている。会うタイミングによって親しくなったりならなかったりもあると思う。進路に迷っていた時期だったからこそ、己牧は啓頼により近づけたような気がする。あれがまだ迷いの生じていない一年前、逆に進路の決まった一年後だったら、彼との関係はもしかしたら違う形になっていたかも。

啓頼のアドバイスで己牧は自分の進路の迷いを晴らすことができた。しかもそれが巡り巡ってこれからも彼といるための足場になるのだ。

専門学校で取得した免許があれば、パティスリーやホテルのスイーツ部門、菓子メーカーに就職口を探せる。場合によってはフリーのパティシエとしてネットショップを開いたり移動販売をしたりという働き方もあるし、せっかく恋人が獣医なのだからドクター視点の助言をもらって犬猫専用のおやつを作ってもいい。

かつては自分がお菓子作りを好きなことさえわからなくなって進路を見失っていたのに、進んでみたら思わぬ景色が見えるようになった。人生は先が見えないからときどき怖くなるけど、手探りでも進んでみたらそれはそれでまた道ができるし、何年かたって振り返ってみたら予想もしていなかった方向に向かっていたり、大回りした代わりにたくさんの花を摘んで戻っていたりするのかもしれない。

しみじみそんなことを考えていた己牧は、ふと時計を見てのんびりしている恋人に声をかけた。

「ヒロさん、そろそろ出た方がいいですよ」

「うん」と頷きながらも啓頼は浮かない顔だ。

「せっかくプロポーズを受けてもらえたし、今日はこのままこまちゃんとうちにいたいんだけどなあ……」

「なに言ってるんですか、ヒロさんはお仕事でしょう」

前もってシフトを聞いていたから知っている。笑って玄関まで見送りに立つのに、啓頼は申し訳なさそうな顔。

「ごめんね、手術の予約が入ってたからどうしても休みがとれなくて」

「大丈夫です。ヒロさんの助けを待つ子たちのために行ってきてください」

応援してますね、と大きくて器用な手にエネルギーを送るようにぎゅっと握ると、「恋人が最高すぎる……」と恥ずかしいことを本気っぽく呟いた啓頼に抱きしめられてしまった。

「クリニックに行く前にこまちゃん家まで車で送ろうか？」

「今日の父と顔を合わせる勇気、あります？」

「……かき集めるよ」

深刻な顔で返す啓頼に笑ってしまう。

「今日はいいです。ヒロさんちでゆっくりしてから、のんびり歩いて帰りますから」

「だったら帰ってきてから送るよ。こまちゃんのご家族に話したいこともあるし」

およそ半年後には己牧を連れて行く、という話だろう。

森原家は仲がいいから遠くに行くのを寂しがるとは思うものの、二十歳の誕生日でお泊まりを許してくれた時点で既成事実の覚悟はしているだろうし、噂話が横行しない都市部の方が同性間の恋愛を守りやすいのは明らかだ。強い反対はされないはず。

「手土産はまたお酒でいいかな？　ケーキ屋さんにスイーツは持って行きづらいし……」

「父は最近ウイスキーにハマってるみたいですよ。あと、鰹のたたきが好きです」

おそらくいちばん渋るであろう人を陥落する品をアドバイスすると、恋人が「了解」と真顔で頷いた。ちゃんと筋を通そうとしてくれている彼は名前の印象の通りにちょっと古風で、そういうところがなおさら愛おしい。

玄関で靴を履いている恋人の姿を照れくさくも幸せな気分で見守っていた己牧は、はたと『家族への挨拶』に関する重大な事実に気付いてしまった。

「……あの、いまさらですけどヒロさんのご家族の方は……」

「ああ、うちは全然平気」

「そんなあっさり……」

適当なことを言わないでください、とちょっと咎める瞳を向けたのに、返ってきたのは楽しげな笑み。軽やかに爆弾発言を投下された。

「実はもうカミングアウトしちゃってるんだよね」

「は……!?」

「今年の正月に帰省したときに言ってきたんだ。うちの母親はさなえ先生とわりと似たタイプでさばさばしてるからそういう偏見のない人だし、父親も本人がいいならまあいいんじゃないかって。で、兄貴は業界で同性を好きな人たちに会う機会も多いらしくて慣れてるし、妹も驚いてはいたけど反対するどころか逆におもしろがってたよ。ちなみにうちの家族は全員俺と同じくスイーツに目がないから、みんなこまちゃんのお菓子をすごい食べたがってた」

さらさらと流れるように明かされた話には返事のしようがない。口を開けたり閉じたりしている己牧に恋人はすまし顔で続ける。

「前にも言ったことあると思うけど、俺、本当にこまちゃんを手放す気なんてないんだよ。とりあえずうちの家族には話してあるから、会ってみたかったらいつでもどうぞ」

想定外すぎて頷くことしかできなかったものの、反対されていないのなら怖がることもないし、むしろ逆にちゃんと挨拶に行くべきだろう。いつにしよう、できるだけ早くがいいよね……とぐるぐるしている間に腕時計に目をやった啓頼がドアに手をかける。

「じゃあ、いってきます」

「いってらっしゃい」

反射的に返すと、眼鏡の奥の瞳を見開いた彼がきびすを返して戻ってきた。

きょとんと見上げている己牧の唇に、軽く唇を重ねる。……新婚さんの定番、いってきますのキスだ。これまで帰宅を迎えたことはあっても出ていくのを見送ったことはなかったから、いまのが記念すべき（?）第一回め。

じわりと頬を染めたときには啓頼はドアを開けていた。肩越しにこっちを振り返る。

朝の光を受けてきらめく瞳、楽しげな笑顔。

「改めていってきます、こまちゃん」

「い、いってらっしゃい、ヒロさん」

にっこりして足取りも軽く出かけてゆく恋人をドキドキしつつ見送りながら、これからもこうやって一緒にいられるようにうんとがんばろう、と己牧は思う。

とりあえず今日は、恋人の家族に挨拶に行くときのベストな手土産について調べてみよう。

あとがき

こんにちは。または初めまして。間之あまのでございます。

幻冬舎コミックス様、このたびはルチルレーベル二十周年、ルチル文庫創刊十一周年おめでとうございます。

そして読者のみなさま、記念の四六判という（サイズもお値段も）立派な形で刊行していただいた十三冊めの拙作『純愛スイーツ』をお手に取ってくださり、ありがとうございます。好みの合う方にそっとおすそわけできたらいいな、という気持ちでこつこつ書いているお話をこんなに豪華な仕様で出していただけるなんて、光栄すぎてドキドキおろおろしています。

今回はいつもより豪華なぶんお財布への負担が大きくなってしまいましたが、それでも手に入れてくださったという方をハグしたい気持ちでいっぱいです……！

今回のお話は、先に「イラストをテクノサマタ先生に描いていただけるかもしれない」とうかがって、私が個人的にテクノ先生のイラストで見たいもの——小さくて一生懸命な可愛い子、大きくてやさしい男前、ゆったり流れるほのぼのと美しい時間、ほんのり切ない、可愛い動物、美味しい幸せなど——を詰めこんで生まれました。

そうしたらとてもゆっくりと恋を育む二人になったので、自然に「純愛（ピュア編）」と「相愛（ラブラブ編）」に分かれて、拙作では初めての二部構成になりました。

どちらも大切に書いたので、両方とも楽しんでいただけたらうれしいです。

それにしても「書くことは自分の書けなさを思い知ることだなあ」というのは普段からよく思っていることなのですが、今回はプレッシャーもあってなかなか満足いくように書けなくて、一時は本当にどうなるかと思いました（遠い目）。担当のF様から「テクノ先生のイラストを大きいサイズで見たくないですか？」と朗らかにふられたときに、詳細も聞かずに「見たいです！」とうっかり即答してしまった過去の自分をグーパンチしたうえでデリートしたいと何度も思いましたよ……。

でも、書きあがってみたらとても愛しいひとたちになりました。

こまちゃんとヒロ先生の恋物語を最後まで大事に書きあげることができたのは、何度も締切を延ばしてくださった編集部のみなさま、それからスケジュールの乱れを快く許してくださったテクノ先生のやさしさのおかげです。本当にありがとうございました。

もともとテクノ先生のイラストをイメージして書いたお話ではあったのですが、実際に描いていただいたらすべてのキャラクターや風景がイメージ以上にその姿になって現れてくれて、もうラフの段階から感動でした。

こまちゃんは表情はもちろんのこと何気ない仕草まで可愛くて、ヒロ先生は見るからにやさしそうで照れた顔まで格好いい……！　そしてシロさん、この可愛さの権化のようなもふもふ！

さなえ先生やヒデさんやおじいちゃん、さらには小物や浴衣の柄や空気感まで本当に素晴らしくて、こんなに素敵なイラストを大きいサイズで見られてまさに眼福です。正直、大御所の先生方に紛れこんで四六判を書かせていただく緊張で半泣き・胃痛状態が続いていたのですが、このスペシャルボーナスですべてが報われました。今回書かせていただけて素直に幸せです。

テクノ先生、登場人物たちの息遣いまで感じられるような可愛くて素晴らしいイラストを本当にありがとうございました。


いつも素敵なイラストレーターさんと引きあわせてくださるF様をはじめ、今回も多くの方々のご協力とたくさんの幸運のおかげでこのお話をこういう形でお届けすることができました。本当にありがたいことです。

とても美しくて幸せな、宝物のようなご本にしていただけましたので、読んでくださった方にとっても幸せなものになったらいいなあと願っております。

楽しんでいただけますように。

金木犀の季節に

間之あまの

この作品は書き下ろしです。

間之あまの

好きな言葉…ラブ＆ピース＆スマイル
これでもかというくらいに甘くて大団円なお話が好きです。

純愛スイーツ

二〇一六年一一月三〇日　第一刷発行

著者　間之あまの

発行人　石原正康
発行元　株式会社 幻冬舎コミックス
〒一五一-〇〇五一　東京都渋谷区千駄ヶ谷四-九-七
電話　〇三（五四一一）六四三一［編集］

発売元　株式会社 幻冬舎
〒一五一-〇〇五一　東京都渋谷区千駄ヶ谷四-九-七
電話　〇三（五四一一）六二二二［営業］
振替　〇〇一二〇-八-七六七六四三

印刷・製本所　中央精版印刷株式会社

検印廃止

ISBN978-4-344-83847-5　C0093　Printed in Japan